KB052726

영어 공부를 겸한 현대를 살아가는 지혜 지침서

이솝우화

AESOP'S FABLES

정동훈 성혜숙 공역

太乙出版社

머리말

이 책을 소개하기전에 여러분은 이솝우화에 대한 이야기를 잘 알고 있을 줄 믿습니다.

이솝우화는 동서양을 막론하고 청소년의 교육에 큰 교양재로 사용되고 있습니다.

특히 외국에서는 발육기에 있는 청소년들에게 지식과 도덕의 감화를 무한히 주어서 정신적인 교육과정을 발전시키고 있습니다. 그러나 우리나라에서는 아직도 이솝우화를 올바로 번역하지 못하여 영어학습을 연구하는 독자 여러분들의 고통을 직접 목격하고, 김동출 동지와 손을 잡고 여러 선배들을 일일이 방문하여 지도를 받아가며 외서를 종합 번역한 것입니다.

만일에 독자 여러분들에 100분의 1이라도 도움이 되신다면 집필한 우리로서 무한의 기쁨을 금치 못할 것입니다. 이솝우화를 대략 소개하자면 이솝이란 사람이 수년 동안 노예 생활을 하였고 불행과 괴로움을 당하며 기록한 것이 자유로운 사회로 해방이 되자 비로소 학식과 덕망으로 그의 명성이 온 세상에 널리 알려졌습니다.

그가 주장하는 것은 "인간의 행할 길은 오로지 정의에서 살고 정의에서 끝난다, 인간은 바라는 것 보다 목적을 향하여 달리기를 하였고 정의는 부정의에 굴복하지 않는다."라고 외치던 이솝은 결국 탐욕하고 부도덕한 시민들의 부정한 요구를 거절했기 때문에 아깝게도 이솝의 일생은 끝나고야 말았습니다.

그러나 오늘날의 그의 학식과 덕망은 온 세상에 펼치어져 후세의 교양재로 영구적으로 보존되고 있습니다.

끝으로 이 책을 제작함에 있어서 물심양면으로 끝까지 수고하여주신 이호영 동지와 안승균 동지에게 깊이 감사의 뜻을 표하는 바입니다.

역자

차 례

AESOP'S FABLES

AESOP'S FABLES

AESOP'S FABLES

AESOP' S FABLES
이솝우화

1. THE FROGS WHO ASKED FOR A KING

There were once some Frogs who lived together in and cautiful lake. They were a large company, and were very comfortable, but they come to think that they might be still happier if they had a King to rule over them. So they sent to Jupiter, their god, to ask him to give them a King.

Jupiter laughed at their folly, for he knew that they were happier and better off as they were; but he said to them, "Well, here is a King for you," and into the water he threw a big log. It fell with such a splash that the frogs were frightened, and hid themselves in the deep mud under the water.

By and by, one braver than the rest peeped out to look at the King, and saw the log, as it lay quietly on the top of the water. Soon they all came out of their hiding places, and ventured to look at their great King. As the log did not move, they swam round it, and at last one by one hopped upon it. "This is not a King," said a wise old Frog, "is nothing but a stupid Log." Again they sent to Jupiter, and begged him to give them a King who could rule over them.

Jupiter did not like to be disturbed again by the silly Frogs, but this time he sent them a Stork, saying, "You will have some one to rule over you now." As they saw the Stork solemnly walking down to the lake, they were delighted "Ah!" they said, "see how grand he looks! How

1. 왕을 원하는 개구리

옛적에 아름다운 호수에 개구리 몇 마리가 같이 살고 있었습니다. 그들은 여럿이 모여서 안락하게 살고 있었으나 그들을 통치해주는 왕이 있었으면 한층 더 행복하리라고 생각하게 되었습니다. 그래서 그들은 자기들의 신 쥬피터에게 사신을 보내어 왕을 보내달라고 청했습니다.

쥬피터는 개구리들의 어리석음을 웃었습니다. 왜냐하면 쥬피터는 개구리들이 지금대로 사는 편이 더 행복하고 살기가 더 좋을 것을 알고 있었기 때문입니다. 그러나 쥬피터는 "그럼 왕을 가져가라" 하고 굵은 나무 토막 한 개를 물 가운데로 던졌습니다.

나무 토막이 철썩하고 소리를 내면서 떨어진 때문에 개구리들은 그만 무서워서 물속 깊은 멍개속에 숨어 버렸습니다.

잠시 후에 그중 제일 용감한 개구리가 왕을 보려고 머리를 내밀어 보니 몽둥이가 물위에 고요히 떠 있었습니다. 그러노라니 다른 개구리들도 다 숨었던 곳에서 나와서 벌벌 떨면서 이 위대한 왕을 우러러 보았습니다.

나무토막이 움직이지 않았기 때문에 개구리들은 그 주위를 헤엄쳐 돌아다니다가 나중에는 하나씩 하나씩 올라 탔습니다.

"이것은 왕이 아니다." 하고 영리한 늙은 개구리가 말하였습니다.

"미련한 나무토막에 지나지 않아." 그래서 개구리들은 또 다시

he strides along! How he throws back his head! This is a King indeed. He shall rule over us," and they went joyfully to meet him.

But as their new King came nearer, he paused, stretched out his long neck, picked up the head Frog, and swallowed him at one mouthful. And then the next and the next. "What is this?" cried the Frog, and they began to drow back in terror. But the Stork with his long legs easily followed them to the water, and kept on eating them as fast as he could.

"Oh! if we had only been–" said the oldest Frog. He was going to add "content," but was eaten up before he could finish the sentence. The Frogs cried to Jupiter to help them, but he would not listen. And the King Stork ate them for breakfast, dinner, and supper, every day, till in a short time there was not a Frog left in the lake.

 숙어 및 단어

large company; 여럿 모임
comfortable; 안락한
came to think = became to think
still happier = much happier; 한층 더 행복
rule over; 통치하다.
Jupiter; 신령, 쥬피터 신
be better off; ～보다, 더 풍부하게
here is … for you; 가져가거라.
log; 통나무

쥬피터에게 사신을 보내어 자기들을 통치할 힘이 있는 왕을 보내 달라고 애원하였습니다.

쥬피터는 어리석은 개구리들에게 재차 시끄러움을 당하는 것을 싫어했으나 이번에는 황새를 보내면서 말하였습니다. "자아 이번에는 너희들을 통치할 왕을 주마." 개구리들은 황새가 엄숙한 태도로 호수를 향하여 걸어 오는 꼴을 보고 기뻐하였습니다.

"야야" 하고 개구리들은 말하였습니다. "보란말이야. 저 늠름한 자태를, 저 늠름한 모가지를, 과연 왕이로다. 우리를 통치할 것이다." 하면서 개구리들은 즐거히 그를 마중 나갔습니다.

그러나 새로운 왕이 가까이 오면서 걸음을 멈추고 길다란 모가지를 늘이더니 개구리의 대가리를 물어 한 입에 삼켰습니다. 그리고 나서 다음 놈, 또 다음 놈을!

"이게 뭐야?" 하고 개구리들은 외쳤습니다. 그리하여 그들은 겁이 나서 물러서기 시작하였습니다.

그러나 다리가 긴 황새는 손쉽게 물가에까지 쫓아가서 재빠르게 넹큼넹큼 집어 먹었습니다. 늙은 개구리는, "아 차라리 우리가 그냥 있었더라면 만족했을터인데" 라는 말을 덧붙이려고 하였으나 말을 채 끝맺기도 전에 잡혀 먹혔습니다.

개구리들은 쥬피터에게 구원해 달라고 외쳤으나 쥬피터는 듣지도 않았습니다. 그리고 왕황새는 매일 아침 점심 저녁밥으로 개구리들을 잡아 먹었기 때문에 얼마 안 되어 그 호숫가에는 개구리 한 마리도 남지 않았습니다.

splash; 떨어지다.

as they were; as they are의 과거, 그대로

mud; 진흙

by and by; 그런데

as it lay; 누워 있는 것

on the top; 수면에

one by one; 하나씩

nothing but only; ～에 지나지 않음.

ventured to look; 위험을 무릅쓰고 보았다.

you will have = I will give you; 주겠다.

silly = foolish; 어리석다.

were delighted; 기뻐했다.

throws back head; 뽐내고 걷다.

joyfully = gladfully; 즐겁게

its nearer; 점점 가까이 오다.

picked up; 주워올리다.

at a mouthful; 한입에

kept on eathing = continued to eat; 그냥, 그대로 계속 먹다.

to add; 첨가하다.

content; 만족하다.

would not; 절대로 거절하다.

still; ～할 때까지.

left; 남아 있는, leave의 과거분사

2. The ARAB AND HIS CAMEL

As an Arab sat in his tent one cold night, he saw the curtain gently lifted, and the face of his Camel looking in. "What is it?" he asked kindly. "It is cold, master," said the Camel; "suffer me, I pray thee, to hold my head within the tent." By all means," replied the hospitalble Arab; and the Camel stood with his head inside the tent.

"Might I also warm my neck a little?" he entreated after a moment. The Arab readily consented, and the Camel's neck was thrust within the tent. He stood, moving his head from side to side uneasily, and presently said, "It is awkward standing thus. It would take but little more room if I were to place my forelegs inside the tent."

"You may place your forelegs within the tent," said the Arab. And now he had to move a little to make room, for the tent was small. The Camel spoke again; "I keep the tent open by standing thus, and make it cold for us both. May I not stand wholly within?"

"Yes," said the Arab, whose compassion included his beast as well as himself; "come in wholly if you wish." But now the tent proved to be too small to hold both. "I think, after all," said the Camel, as he crowded himself in, "that there will not be room here for us both. You are the smaller; it will be best for you to stand out side. There will be room then for me." So he pushed a little, and the Arab with all haste went outside the tent.

2. 아라비아 사람과 그의 낙타

어느 추운 날 밤에 아라비아 사람이 천막 안에 앉아있으려니 막이 조용히 걷어 올리우고 자기의 낙타가 낯을 들어밀고 천막 안을 들여다 봅니다.

"왜 그래?" 하고 그 사람은 친절하게 물었습니다. "춥습니다. 주인님" 하고 낙타가 말했습니다. "죄송하지만 나의 머리를 그 천막 안에 좀 넣게 하여 주세요."

"되도록 하렴" 하고 친절한 아라비아 사람은 대답하였습니다.

그래서 낙타는 머리를 그 천막 속에 들어 박고 서 있었습니다. "모가지도 약간 녹여도 좋습니까?" 하고 잠시 후에 청을 하였습니다.

아라비아 사람은 선뜻 승낙했습니다. 그리하여 낙타는 모가지를 천막 속에 들어 밀었습니다.

낙타는 불편한 듯이 자기 머리를 좌우로 움직이면서 서 있다가 갑자기 말하였습니다. "이렇게 서 있으니 어색합니다. 만일 내가 앞다리를 천막 안에 들여놓아도 자리 차지를 조금 밖에는 하지 않을 것 같습니다."

"그러면 천막 안에 너의 앞다리를 들여다 놓아도 좋아" 하고 아라비아 사람은 말하였습니다. 그러나 자리를 내기 위하여 조금 움직여야만 했습니다. 낙타는 또 다시 말하였습니다. "내가 이렇게 서 있자니 천막이 환하게 열리어 우리들을 춥게 하는 셈이 되니 이 안에 내가 들어서는 것이 어떨까요?"

숙어 및 단어

What is it? = What is that you want?
I pray thee = Please hospitable; 친절한
replied; 대답하다의 과거
forelegs; 앞다리
make room; 자리를 여유있게 하다.
readily; 손쉽게
entreat; 탄원하다의 과거분사
from side to side; 이쪽에서 저쪽으로
awkward; 어색한
presently; 별안간
compassion; 동정.
included; 포함한
proved; 실정
crowded himself in; 기어 들어왔다.
after all; 결국

"암" 하고 아라비아 사람은 말하였습니다. 왜냐하면 그의 동정심은 자기 자신은 말할 것도 없거니와 자기의 짐승에게도 미쳤으니까 "들어오고 싶거든 들어와" 그러나 천막은 둘이 다 같이 있기에는 너무 작다는 것을 증명했습니다.

　　"결국에는" 하고 낙타가 끼어 들어오면서 말하였습니다. "나는 이렇게 생각합니다. 즉, 이 천막에는 둘은 있을 수 없고 당신은 몸이 작으니 밖에 나가는 것이 좋겠어요. 그렇게 하면 내가 들어갈 여유가 생기지 않겠어요?" 그러면서 낙타가 조금 디미는 바람에 주인은 대번에 천막 밖으로 밀려 나갔습니다.

3. THE FARMER AND THE SNAKE

One wintry day a Farmer found a Snake lying on the frozen ground, — quite stiff, and nearly dead with cold. How brought him carefully to his house, and laid him near the fire, But as soon as the Snake began to feel the pleasant warmth, he raised his head, and tried to bite his kind friend.

"Oh!" said the Farmer, "is that the way you repay me for my trouble? You shall die then, and the sooner the better." And he killed him with one blow of his stick.

 숙어 및 단어

wintry; 겨울의
cold wintry; 추운 겨울날
frozen; 얼은
stiff(stif); 뻣뻣해진, 굳어진
you shall die = I will kill you
the sooner the better; 빠르면 빠를수록 좋다.
one blow; 한 대 갈기다.

3. 농부와 뱀

어느 겨울 날 한 농부가 얼어있는 땅바닥에 완전히 굳어져 얼어 죽어가는 뱀 한 마리가 누어 있는 것을 보았습니다. 농부는 그 뱀을 조심스럽게 자기 집으로 가져와서 불 가까이 눕혀 놓았습니다.

그러나 뱀은 안전한 온도를 느끼기 시작하자 곧 머리를 치켜들고 자기 은인을 깨물려고 하였습니다."

"앗!" 하고 농부는 화를 많이 내고 말했습니다.

"그것이 나의 수고에 대하여 보답하는 방법이냐?"

"그러면 죽여 봐라. 빨리 죽일수록 좋다." 그리하여 농부는 지팡이로 한 번 갈겨서 죽게 하였습니다.

4. THE ANT AND THE DOVE

An Ant, walking by the river one day, said to himself, "How nice and cool this water looks! I must drink some of it." But as he began to drink, his foot slipped, and he fell in. "O, somebody please helf me, or I shall drown!" cried he. A Dove sitting in a tree that overhung the river heard him, and threw him a leaf. "Climb upon that leaf." said she, "and you will float ashore."

The Ant climbed upon the leaf, and the wind blow it to the shore, and he stepped upon dry land again. "Good-bye, kind Dove," said he, as he ran home. "You have saved my life, and I wish I could do something for you." "Good-bye" said the Dove; "be careful not to fall in again." A few days after this, when the Dove was busy building her nest, the Ant saw a man just raising his gun to shoot her. He ran quickly, and bit the man's leg so hard, that he cried "Ouch!" and dropped his gun.

This startled the Dove, and she flew away. The man picked up his gun, and walked on. When he was gone, the Dove came back to her nest. "Thank you, my little friend," she said. "You have saved my life." And the little Ant jumped for joy, to think he had been able to help the kind Dove.

4. 개미와 비둘기

어느 날 개미가 냇가를 거닐면서 말하였습니다.

"이 물은 참 맛있고 시원하게 보인다! 좀 먹어볼까!"

그러나 먹기 시작하였을 때에 한쪽 발이 강속에 빠졌습니다.

"아이구 누가 좀 살려주세요? 빠져 죽겠어요!" 하고 개미가 외쳤습니다. 강물에 늘어져 있는 나무에 앉았던 비둘기가 개미의 외치는 소리를 듣고 나뭇잎을 하나 던져 주었습니다.

"그 잎에 올라타요." 하고 비둘기가 말하였습니다.

"그렇게 하면 기슭에 닿을터이니"

개미는 그 나뭇잎에 기어 올랐습니다. 그리하여 바람은 불어서 그것을 기슭에 닿게 하여 개미는 다시 마른 육지로 올라갔습니다.

"안녕 비둘기씨," 하고 개미는 집으로 돌아가면서 말했습니다.

"당신은 나의 생명을 구조하셨습니다. 그래서 나도 무엇으로 은혜를 갚고 싶습니다."

"잘가" 하고 비둘기도 인사하였습니다. "다시 빠지지 않도록 조심해요."

이런지 며칠 후 마침 비둘기는 집짓기에 바빴습니다. 그때 마침 개미는 어떤 사람이 비둘기에 총을 겨누고 있는 것을 보았습니다.

개미는 빨리 달려가서 그 사람의 다리를 세게 깨물어서 그 사람은 "앗 따거워!" 하면서 총을 떨어트리게 하였습니다.

숙어 및 단어

some of it; 그것을 조금
some of the water; 물을 조금
overhung; 위에 늘어진
float ashore; 강물기슭에 표착하다.
stepped upon dry land; 상륙했다.
do something for you; 당신을 위해서 무슨 일을 하다.
was gone; 가버리고 없다.
jumped for joy; 기뻐서 날뛰다.

이 소리로 비둘기를 깜짝 놀라게 해서 비둘기는 그만 날아가
버렸습니다. 그 사람은 총을 집어가지고 걸어가 버렸습니다.

그 사람이 가고 없었을 때 비둘기는 다시 집으로 날아와서 "고
마워, 개미씨" 하고 말하였습니다. "당신이야말로 나의 생명을 살
려 주었습니다."

그리하여 조그마한 개미는 친절한 비둘기를 도울 수 있었음을
생각하고 기뻐서 날뛰었습니다.

5. THE ANTS AND
THE GRASSHOPPERS

The Ants and the Grasshoppers lived in the great field. The Ants were busy all the time gathering a store of grain to lay by for Winter use. They gave themselves so little pleasure that their marry neighbors, the Grasshoppers, can at last to take scarcely any notice of them.

When the frost came, it put an end to the work of the Ants and the merry-making of the Grasshoppers, But one fine Winter's day, when the Ants were employed in spreading their grain in the sun to dry, a Grasshopper, who was nearly perishing with hunger, chanced to pass by. "Good day to you, kind neighbor," said she, "will you not lend me a little food? I will certainly pay you before this time next year."

"How does it happen that you have no food of your own?" asked an old Ant. "Here was an abundance in the field where we lived all Summer, and your people seemed to be active enough. What were you doing, pray?"

"Oh," side the Grasshopper, forgetting her hunger, "I sang all the day long, and all the night, too." "Well, then," interrupted the Ant, "if you found it so gay to sing all the summer, you may as well try to dance away the Winter," and she went on with her work, all the while singing the old song;— "We ants never borrow; we ants never lend."

5. 개미와 베짱이

개미와 베짱이는 큰 들판에 같이 살고 있었습니다. 개미는 겨울에 사용하기 위해서 창고에 식량을 모아 들이는데 언제나 바쁩니다. 개미는 오락이라곤 몰랐습니다. 때문에 개미의 이웃인 베짱이는 결국에 개미를 본체 만체 하였습니다.

서리가 오자 개미의 노동과 베짱이의 오락에는 종국을 찍게 되었습니다. 그러나 어느 청명한 겨울날에 개미가 곡식을 말리려고 볕에 내어 널고 있었을 때 시장해서 거의 죽을 지경이 된 베짱이가 우연히 지나갔습니다.

"안녕하세요, 친절한 이웃 아저씨" 하고 베짱이가 말하였습니다. "식량 조금만 꾸어 주시겠습니까? 내년 이맘 때 꼭 갚아 드리겠습니다."

"어떻게 되어 당신은 먹는 식량 조차 떨어지게 되었소?" 하고 한 개미가 물었습니다. "우리가 온 여름 동안 살고 있던 들판에는 곡식이 풍부했고 당신네들도 퍽 활동하는 것같아 보였는데 그러면 실례지만 당신들은 뭘 하고 있었소?"

"아!" 하고 베짱이는 시장한 것도 모르고 말했습니다. "우리는 낮에도 노래하고 밤에도 노래를 불렀다오."

"그래요" 하고 개미가 말을 가로 챘습니다. "그러면 당신네들이 온 여름 동안 노래 부르는 게 그렇게 유쾌했다면 겨울에는 춤이나 추며 지나가는 것이 좋을 것 아니오." 그리하여 개미는 일을

to lay by; 저장하다.

for winter; 월동준비

take...notice of; 아는체 하다.

scarcely; 안한다, 전혀 안한다.

frost; 서리

put an end to; ～을 끝내다, 그만 두다.

meery-making; 오락

were employed in; ～에 종사하다.

chanced to = happened to; 일어나다, 발생하다.

This time next year = this time of next year; 명년 이때

be active; 적극적으로

pray = please; 실례지만

interrupted; 가로막다.

dance away; 춤으로 보내다.

may as well; 하여도 좋다.

계속하였습니다. 이러는 동안에 옛 노래를 불렀습니다.

"─우리, 우리 개미는 꾸지도 않고 빌려 주지도 않는다."

6. THE COUNTRY MOUSE AND THE CITY MOUSE

A Mouse from the city went on a visit to a friend in the country. The country Mouse brought out the best he had, and waited on his guest. There was plenty of oatmeal and please, a nice scrap of bacon, and even a paring of cheese for desert. While the guest was dining, the country Mouse, out of politeness, would eat none of these dainties, for fear there should not be enough, but nibbled a piece of straw to heep him company.

When the dinner was over, the city Mouse said "Old friend, I thank you for your courtesy, but I must have a plain talk with you. I do not see how you can bear to live this poor life in this little hole.

Why not come with me to the city, where you will have all sorts of good things to eat, and a gay time? You are really wasting your life in this quiet place. Come with me, and I will show you how fine the city is." After being urged a long time, the country Mouse at last agreed to go to the city that very night. So they started off together, and about midnight came to a great house, where the city Mouse lived.

In the dining room was spread a rich feast; and the city Mouse, with many airs and graces, ran about the table, and, picking out the nicest bits, waited upon his country friend, who, amazed at the good things, ate to his heart's content.

6. 시골 쥐와 도회 쥐

어느 날 도회지 쥐가 시골에 있는 한 동무를 방문하였습니다. 시골 쥐는 자기 성의껏 가지고 나와서 손님을 대접했습니다.

오찬에는 풍부한 귀리죽과 완두콩과 맛 좋은 염제돈육과 그리고 식후용으로 치즈까지 있었습니다. 손님 쥐가 인사를 하고 있는 동안에 시골 쥐는 예의범절을 지키느라고 음식이 부족하지나 않을까 하여 음식은 아무것도 먹지 아니하고 손님과 같이 먹기 위하여 자기는 짚을 먹고 있었습니다.

오찬이 끝나자 도회 쥐가 말했습니다. "노형, 당신의 친절한 예의에 대해서는 감사를 드리는 바입니다. 그러나 나는 당신에게 솔직한 말씀을 하지 않으면 아니 되겠습니다. 어떻게 당신은 이 작은 구멍에서 이다지 가난한 생활을 참아 내는지 이해할 수가 없습니다.

왜 당신은 나를 따라서 모든 것이 좋고, 좋은 음식과 유쾌한 시간을 가질 수 있는 도회지로 안오십니까?

당신은 정말 이 적막한 곳에서 삶을 허비하십니다. 나를 따라 오시오. 도회지 생활이 얼마나 좋은가를 보여주리다."

한참 동안 권고를 받고나서 시골 쥐는 마침내 바로 그날 밤에 도회지에 가기로 동의했습니다. 그리하여 그들은 같이 떠나서 한밤중 쯤 되어 도회지 쥐가 사는 큰 집에 왔습니다.

식당 안에는 풍부한 음식물이 흩어져 있었습니다.

All at once he deers of the dining room were flung open,
and in came a crowd of people, laughing and talking, and
followed by a big dog, who barked loudly, and ran about
the room.

The Mice rushed for the hole, to escape, and the little
field Mouse almost died of fight. As soon as he was able to
speak, he said; "Well! if this is city life, I have seen
enough of it. Stay in this fine place if you like. I shall be
only too glad to get home to my quiet hole, and my plain
oatmeal and pease."

 숙어 및 단어

went on visit; 방문하다.　waited on; 대접했다.
oatmeal; 귀리죽　desert; 식후 용 경음식
out of politeness; 예의 지키는 마음에서
dainties; 맛 좋은 것, 품위 있는 것
for fear there should not be enough; 모자랄까봐서 두려워하다.
nibble; 씹다.　plain talk; 솔직한 이야기
gay time; 유쾌한 세월　urged; 권고했다.
agreed; 동의하다.
that very night; 당장 그날밤　amazed at; ～에 놀랐다.
to his content; 만족하게　escape; 피하다.
died of fight; 겁을 먹고 죽었다.
have seen enough; 충분히 보았다.
only too glad = very much glad
plain; 소박한

그리고 도회지 쥐는 뻐겨도 보이고 애교도 부리면서 식탁 주위를 돌아 다니며 가장 맛있는 것을 집어 내어 시골서 온 동무를 대접하였습니다. 그리하여 성찬을 보고 놀랜 시골 쥐는 한껏 먹었습니다. 별안간 식당문이 활짝 열리고 여러 사람이 담소하면서 들어왔습니다.

그리고 큰 개도 한 마리 따라 들어와서 큰 소리로 짖으면서 방안을 뛰어 돌아다녔습니다.

그래서 쥐는 숨기 위하여 구멍으로 달음박질 하였습니다. 작은 들쥐는 무서워 죽을 지경이었습니다. 들쥐는 겨우 말을 할 수 있게 되자 이렇게 말하였습니다.

"그래, 이것이 도회 생활이라면 나는 충분히 알았어, 이처럼 멋있는 곳이 좋다면 당신은 그대로 머물러 있어요. 그러나 나는 내가 사는 단지 조용한 구멍 집으로 가서 수수한 귀리죽과 완두콩을 먹고 살고 싶을 뿐이오."

7. THE ONE EYED DOE

A Doe, blind in one-eye, used to graze as near she could to the edge of a cliff, so that she might keep her blind eye to the water, while with the other she kept watch against the approach of hunters and hounds on the shore.

Some beatmen sailing by saw her standig thus on the edge of a cliff, and finding that she did not perceive their approach, they came very close, and taking aim, shot her.

Finding herself wounded, she said, "O unhappy creature that I am, to take such care as I did against the dangers of the land, and then, after all, to find this seashore, to which I had come for safety, so much more perilous.

 숙어 및 단어

graze; 풀을 베다, 뜯어먹다.
to the edge; ～기슭에
cliff; 절벽
perceive; 알아차리다, 깨닫다.
after all; 결국
to take care against the danger; 위험을 조심하다.
so much more perilous; 훨씬 더 위태한 것을

7. 애꾸눈의 암사슴

한 쪽 눈이 먼 암사슴이 낭떠러지 기슭에 가까이 붙어 서서 풀을 먹으면서 안 뵈는 눈은 물 있는 편을 보고 또 한 눈으로는 사냥꾼과 사냥개의 접근을 주시하고 있었습니다.

그런데 지나가던 뱃사공들이 낭떠러지 기슭에 서있는 그 암사슴을 보고 그들이 가까이 갔으나 알아차리지 못하는 것을 보고 사슴에 총을 견주어 쏘았습니다.

부상당한 것을 알게 된 암사슴은 말했습니다.

"아! 나는 불행한 동물이다."

"이렇게도 육지의 위험을 경계한 나머지 이번에는 안전하다고 생각하고 온 이 바닷가가 결국은 육지보다 더 위태롭구나."

8. THE HEN AND THE SWALLOW

A Hen who had no nest of her own found some eggs, and, in the kindness of her heart, thought she would take care of them, and keep them warm. But they were the eggs of a viper; and by the little snakes began to come out of the shell. A Swallow, who was passing, stopped to look at them. "What a foolish creature you were, to hatch those eggs!" said the Swallow.

"Don't you know that as soon as the little snakes grow big enough, they will some one probably you, first of all?" "Then," said the Hen, as she stood on one leg, and looked at the ugly little snakes, first with one eye and then with the other, "you think I have done more harm than good?" "I certainly do," said the Swallow; and she flew away.

 숙어 및 단어

take care of; 돌봐주다.

in the kindness of her heart; 친절한 마음으로

viper; 독사   shell; 껍질

stopped to look = stopped and look.

creature; 피조물동물   hatch; 알을 까다.

* Good judgement is better than thoughtless kindness; 좋은 판단
  은 생각 없는 친절보다 낫다.

as soon as; ... 하자마자 곧   with one eye; 처음에 한쪽 눈으로

harm; 피해, 해치다.   thoughtless; 철없는, 생각없는

8. 암탉과 제비

자기의 보금자리가 없는 암탉이 알을 몇 개 주었습니다. 암탉은 친절한 마음으로 그 알을 아끼어 따뜻하게 하여 주기로 생각하였습니다.

그러나 그 알은 독사의 알이었습니다. 그리하여 뱀새끼들이 알껍질 밖으로 나오기 시작하였습니다.

지나가던 제비가 멈추고 그 뱀새끼를 보았습니다.

"너 참 어리석은 동물이기도 하구나, 뱀의 알을 까다니!" 제비가 말하였습니다.

"저 뱀 새끼들이 어느 정도 자라면 즉시 너부터 먼저 깨물터인데, 너는 몰랐느냐?"

"그러면…" 하고 암탉은 외다리로 서서 그 흉한 뱀 새끼들을 번갈아 보면서 말했습니다. "내가 착한 일보다 해로운 일을 더 했단말인가?" "그렇다" 하고 제비가 말하고 나서 날아가 버렸습니다.

9. THE BOY, BATHING.

A Little Boy once went in bathing where the water was too deep for him. He soon found himself sinking, and cried out to a Man who was passing by, to come and help him. "Can't you swim?" asked the Man. "No" replied the Boy. "How foolish you were, then," said the Man, "to go into deep water! Didn't you know better!" "Oh, please help me now, or I shall drown!" cried the Boy. "You can scold me when I am safe in shore again."

* There is a time for everything.

 숙어 및 단어

went in bathing; 목욕하러 물에 들어갔다.

sink; 가라 앉다.

too deep for him; 그에게는 너무 깊다.

didn't you know better!; 더 잘 생각해야 되었을걸!

9. 목욕하는 소년

어느 날 어린애가 목욕하러 들어갔는 데 물이 너무 깊었습니다. 그는 곧 몸이 가라앉는 것을 알고 지나가는 어른더러 소리를 치며 도와달라고 했습니다. "너 헤엄칠 줄 모르냐?"하고 어른이 물었습니다. "네, 못해요" 하고 애가 대답하였습니다. "그러면" 하고 어른이 말했습니다. "물속 깊이 들어 가다니, 너도 어리석기도 하구나, 좀더 잘 생각해 볼 일이지, 응?" "아이고, 빨리 좀 도와 주세요, 빠져 죽겠어요!" 하고 소년이 말했습니다. "꾸짓더라도 내가 다시 물가로 올라가서 안전할 때 꾸지람 할 수 있지 않습니까?"

* 매사에 일정한 때가 있습니다.

10. THE BLIND MAN AND
THE LAME MAN

A Blind man, being stopped in a bad piece of road met a Lame Man, and entreated him to help him out of the difficulty into which he had fallen. "How can I," replied the Lame Man, "since I can scarcely drag myself along? I am lame, and you look to be very strong."

"I am strong enough," said the other, "I could go if I could but see the way." "O, then we may help another," said the Lame Man. "If you will take me on your shoulders, we will seek our fortunes together. I will be eyes for you, and you shall be feet for me." "With all my heart," said the Blind Man. "Let us render each other our mutual services." So, taking his lame companion upon his back, they traveled on with safety and pleasure.

 숙어 및 단어

help out of; ~으로부터 구해내다.
in a bad piece of road; 나쁜 길 복판에서
lame; 절름발이
difficulty; 곤경
since; ~이므로, ~이기 때문에
fortune; 행운
with all my heart; 만공의 열성을 갖고

10. 장님과 절름발이

한 장님이 어느 나쁜 길에서 지체되자 한 절름발이를 만났습니다. 그래서 자기가 빠진 곤경에서 도와주기를 그 사람에게 간청하였습니다.

"내가 어떻게 도와드릴 수 있겠소?" 하고 절름발이가 답변했습니다.

"나도 내 자신을 이끌고 다니기 어려운 처지인데요? 나는 절름발이입니다. 그리고 당신은 매우 건장해 보이는군요."

"나는, 다리야 튼튼하지요." 하고 장님은 말했습니다. "길만 볼 수 있다면 갈 수는 있습니다."

"아이고, 그러면 우리는 서로서로 도우면 되겠소." 하고 절름발이는 말했습니다. "나를 당신 어깨에 태워주면 우리는 우리들의 행운을 찾을 것입니다. 나는 당신의 눈이 될터이니 당신은 나의 다리가 되어 주시오."

"대단히 좋습니다." 하고 장님은 말했습니다. "우리는 상호간에 힘을 다 합시다." 그리하여 반절름발이 동무를 등에 업고 그들은 안전하게 그리고 즐겁게 여행을 하였습니다.

11. THE WAR HORSE AND THE ASS

A war Horse, all ready for battle, with his splendid saddle and jingling bridle, came galloping along the road, his hoofs sounding like thunder on the hard ground. A poor old Ass, with a heavy load on his back was going slowly down the same road. "Out of my way," said the War Horse, "or I will trample you in the dust!"

The poor Ass made room for him as fast as he could, and the Horse went proudly on his way. Not long after this the Horse was shot in the eye; and, as he was no longer fit for the army, his fine saddle and bridle were taken off, and he was sold to a farmer who made him drag heavy loads. The Ass, meeting him soon after, knew him, and called out, "Aha! is it you? I thought pride would have a fall some day."

 숙어 및 단어

ready for; 준비되다.
splendid; 훌륭한
saddle; 안장
jingle; 달랑달랑 소리내다.
trample; 짓밟다, 무시하다.
made room for; 여유를 만들다.
fit for; ~에 알맞다.
take off; 벗기다.　fall; 떨어짐

11. 군마와 나귀

훌륭한 안장과 달랑거리는 말 굴레를 쓰고 출정할 준비가 갖추어진 군마가 굳은 땅에 우뢰같이 말굽 소리를 내면서 큰 길로 뛰어 왔습니다. 불쌍한 나귀가 무거운 짐을 등에 싣고 같은 길을 천천히 내려가고 있었습니다.

"길을 비켜" 하며 군마가 말했습니다. "그렇지 않으면 진흙에다 짓밟아 버릴테다."

가엾은 나귀는 재빨리 군마를 위해서 길을 비켜주니 군마는 뽐내는 듯이 지나갔습니다. 이런지 얼마 안 되어 군마는 한 쪽 눈을 총에 맞았습니다. 그래서 군마는 군대에 적당치 않아서 훌륭한 안장과 굴레를 벗기고 어느 농부에게 팔렸습니다. 농부는 그 말에 무거운 짐을 실었습니다. 그 후 얼마 안 되어 나귀는 군마를 만나 그 거만한 말인 것을 알아차리고 외쳤습니다. "아이고! 당신이구려, 거만은 어느 때엔가 전락이 있는 줄 알았소."

12. THE FISHERMAN AND THE LITTLE FISH

A Fisherman had been toiling all day, and had caught nothing. "I will make one effort," thought he, "and then I must go home." He threw in his line, and soon drew up a very small perch. The little Fish was terribly frightened when he found himself out of water, and with a sharp hook sticking in his mouth; and he said to the Fisherman.

"O sir, take pity upon me, and throw me into the water again! See what a little thing I am I should not make one mouthful for you now; but if you leave me in the water I shall grow large and stout, and then I shall be worth catching. You can make a dinner of me, or sell me for a good price." "Ah!" said the Fisherman, "it is true you are small, but I have you safely now. If I should throw you back, I might never catch you again. I will keep you;" and he put the little Fish into his basket, and took him home with him.

 숙어 및 단어

toiling; 수고한다.   make one effort; 노력하다.
one mouthful; 한 입 되는   stout; 건장한
make a dinner of; ～을 점심으로 먹다.
a good price; 훌륭한 값, 비싼 값

12. 어부와 새끼 고기

어부가 하루 종일 노력을 하고 있었으나 아무것도 못잡았습니다. "한 번만 더 노력해 보고… 그리고 집으로 돌아가야지." 하고 그는 생각하였다.

어부는 낚시줄을 던져 넣어 곧 매우 작은 농어 한 마리를 낚아 냈습니다. 이 작은 고기는 물에서 끌려 나와서 게다가 입에는 날카로운 낚시에 찔려서 겁을 내어 어부에게 말했습니다.

"아이고 어부님, 저를 동정하셔서 물속에 다시 던져 넣어 주세요! 제가 얼마나 어립니까, 지금은 잡수신데도 한 입도 못됩니다. 그러나 저를 물에다 버려 두신다면 큼직하게 자라서 그때에는 잡을만한 가치가 있게 될 것입니다. 한끼 잘 잡수시던지 그렇지 않으면 비싼 값으로 파실 수 있을 것입니다."

"아" 하고 어부는 말하였습니다. "과연 너는 작다. 그러나 지금 나는 너를 틀림없이 붙잡고 있다. 만일에 너를 놓아 준다면 다시는 잡지 못할지도 모른다. 그러니까 나는 너를 잡아 가련다." 하면서 어부는 농어 새끼를 바구니에 넣어 가지고 갔습니다.

13. JUPITER AND THE TWO WALLETS

Jupiter, it is said, once gave to a man two wallets, one in which to put the faults of his neighbors, and one for his own. One was much smaller than the other, and both hung from a girdle, which was to be thrown over the shoulders so that one wallet should hang in front, and one behind. The man kept the large one in front for his neighbors, faults, and small one behind for his own, so that, while the former was always in sight, it took some trouble to see the latter. This custom, which began thus early, is not unknown at the present day.

 숙어 및 단어

It is said; ～라고 한다.
wallet; 전대
thrown over; 걸처지다.
faults; 허물
the former; 전자
the latter; 후자
custom; 습관
at the present day; 오늘날에 있어서

13. 쥬피터와 두 전대

옛날에 쥬피터가 사람에게 두 개의 전대를 주었다고 합니다. 전대 하나에는 이웃 사람의 허물을 넣고 또 하나에는 자기자신의 허물을 넣게 하였습니다. 전대 하나는 다른 것 보다 훨씬 작았습니다. 그리고 양손으로 띠에 매달아서 하나는 앞으로 하나는 뒤로 매어 달리게 해서 어깨에 걸치었습니다.

그 사람은 이웃 사람의 허물을 넣은 큰 전대를 앞으로, 자기의 허물을 넣은 작은 전대를 뒤로 매달고 있었습니다. 그런 이유로 남의 허물 전대는 언제든지 눈 앞에 보이지만 자기 허물 전대를 보려면 힘이 들었습니다.

일찍부터 시작된 이 습관은 오늘날에 있어서도 알려지지 않은 것은 아닙니다(볼 수 있는 일입니다).

14. THE WOLF AND THE LAMB

One day a Wolf and a Lamb happened to come at the same time to drink from a brook that ran down the side of the mountain.

The Wolf wanted very much to eat the Lamb, but meeting him, as he did, face to face, he thought he must find some excuse for doing so. So he began by trying to pick a quarrel, and said angrily, "How dare you come to my brook, and muddy the water so that I can not drink it? What do you mean?" The Lamb, very much alarmed, said gently, "I do not see how it can be that I have spoiled the water. You stand higher up the stream, and the water runs from you to me, not from me to you." "Be that as it may," said the Wolf, "you are a rascall all the same, for I have heard that last year you said bad things of me behind my back."

"Oh, dear Mr. Wolf," cried the poor Lamb, "that could not be, for a year ago I was not born,"

Finding it of no use to argue any more, the Wolf began to snarl and show his teeth. Coming closer to the Lamb, he said, "You little wretch, if it was not you, it was your father; so it's all the same," and he pounced upon the poor Lamb, and ate her up.

* When people mean to do bad and cruel things, they
  can easily make excuses for it.

14. 늑대와 새끼 양

어느 날 늑대와 새끼 양이 산골을 흘러 내리는 개울로 우연히 같은 시간에 물을 마시러 왔습니다.

늑대는 새끼 양을 퍽이나 먹고 싶어하였습니다. 그러나 늑대는 새끼 양을 막상 만나고 보니 그렇게 하는데는(잡아먹는 데) 어떤 구실(口實)을 찾아 내야만 하겠다고 생각하였습니다. 그래서 늑대는 싸움을 걸기 시작하고 성을 내어 이렇게 말했습니다. "어떻게 네가 감히 내 개울에 와서 내가 물도 마시지 못하도록 물을 흐리게 하느냐? 무슨 까닭이지?"

새끼 양은 매우 조심이 되어 겸손히 말했습니다. "내가 물을 흐렸다면 그건 알지 못하는 일입니다. 당신은 개울물에 더 높이 올라가 있고 그리고 물은 당신 한테서 나에게로 흘러 내리고 있는 것이지 내가 있는 데서 당신에게로 흐르지는 않는데요."

"그러면 그렇지" 하고 늑대는 말하였습니다. "너는 역시 나쁜 놈이다. 작년에 내가 없는데서 욕을 하였지."

"아이 참 늑대님도" 하고 약한 새끼 양은 말하였습니다. "그런 일은 있을 수 없습니다. 왜냐 하면 일년 전에 나는 아직 태어나지도 않았는 걸요." 말다툼질을 이상 더 해봤자 소용이 없음을 깨닫고 늑대는 으르릉 소리를 내면서 이빨을 내어 보였습니다. 새끼 양에게로 가까이 오면서 늑대는 말하였습니다. "요 깍쟁이 같은 놈아, 네가 아니면 네 애비쯤 되겠구나, 그러니까 역시 마찬가지다." 그리하여 늑대는 가엾은 새끼 양에게 달려 들어 잡아 먹었습

숙어 및 단어

happened to; 우연히 ~하다.
at the same time; 동시에
as he did; as는 which의 대용으로
face to face; 얼굴을 마주대고
find excuse; 핑계를 대다.
so that can not; 못하게 하기 위하여
alarmed; 놀라서
muddy; 흐리게 하다.
by trying; 시험삼아
spoiled; 못쓰게 했다.
be that as it may = however that may be
all the same; 역시 마찬가지
that could not be; 그런 일이 있을 턱이 없다.
of no use; 쓸데 없는
argue; 말다툼, 언쟁하다.
pounce; 덤벼든다.
cruel; 잔인한
mean to = intend to; 하려 하다.

니다.

　* 사람들은 악하고 잔인한 일을 할 각오를 할 때엔 그것을 위
　　해서 손쉽게 구실을 삼고 있습니다.

15. STONE BROTH

One very stormy day a poor man came to a rich man's house to beg. "Away with you," said the servants; "do not come here troubling us." Then said the man, "Only let me in and dry my clothes at your fire," This the servants thought, would not cost them anything; so they let him come in.

"The poor man then asked the cook to let him have a pan, so that he could make some stone broth. "Stone broth!" said the cook "I should like to see how you can make broth out of stone." So she gave him a pan. The man filled it with water from the pump, and then put into it a stone from the road.

"But you must have some salt;" said the cook; and she gave him some salt, and some pease, some mint, and thyme, and at last she brought him all the scraps of meat she could find, so that the poor man's broth made him a good dinner. You see from this fable that if you only try long enough, and are cheerful, making the best of what you have you, you may at last get what you want.

 숙어 및 단어

stormy; 폭풍이 심한
to beg; 구걸하려
broth; 묽은 국, 국물

15. 돌국

폭풍우가 심하던 어느 날 한 가난한 사람이 부잣집에 구걸하러 갔습니다. "나가요!" 하고 하인들이 말했습니다. "와서 우리들을 괴롭히지 말아요!"

그러자 가난한 사람은 말하였습니다. "좀 들어 가서 댁의 불에 옷이나 좀 말리도록 해주세요." 이것쯤이야 돈 한푼 들지 않는 일이구나 하고 하인들이 생각했습니다. 그래서 그들은 가난한 사람을 들어가게 하였습니다.

그러자 가난한 사람은 요리사에게 돌국 좀 끓이게 남비 좀 쓰게 허락해 달라고 요청했습니다.

"돌 국을요!" 하고 요리사는 대답했습니다.

"나는 당신이 돌로 어떻게 해서 국을 끓이는지 좀 배웠으면 좋겠어요." 그리하여 여자 요리사는 그에게 남비를 주었습니다. 가난한 사람은 수도에 가서 남비에다 물을 붓고나서 길에 가서 돌을 하나 갖다가 남비에 넣었습니다.

"하지만 소금이 좀 필요하시겠네요." 하고 여자가 말했습니다. 그리하여 그녀는 가난한 사람에게 소금, 완두콩, 박하와 그리고 사향초도 조금씩 주다가 마침내 그녀는 고기 조각을 있는대로 다 주어서 걸인의 국은 성찬이 되었습니다.

여러분은 이 우화에서 사람은 자기가 가지고 있는 바를 최선을 다 하면서 오래 노력하고 쾌활하게 있으면 마침내 자기가 원하는 바를 완성하리라는 것을 알 것입니다.

make out of stone; 돌로 만들다.

let～have = lend; 빌리다.

salt; 소금

mint; 박하

thyme; 사향초, 향기로운 채소

see from this; 이것을 보면 안다.

cheerful; 유쾌한, 기분 좋은

what you want; 당신이 원하는 것

16. THE FOX AND THE CROW

A Crow stole a piece of cheese one day, and flew with it up into a tree, so as to eat it at her leisure.

As she sat there, holding it in her beak, a Fox chanced on pass by, and, looking up, saw her.

"How good that cheese smells," thought he; "I'll have it, sure as I'm a Fox."

Coming close to the tree, he said, "Dear Madam, what a beautiful creature you are! I was not aware till this moment what rare beatty your family possesses. What eyes! What glossy feathers! What grace of from! Is your voice as charming to hear, as your person is to look upon? If it is, you well deserve to be called the Queen of Birds. Will you not do me favor to sing to me?"

Now it is well known that the Caw! Caw! of the Crow family is not musical. She ought to have been on her guard, but so delighted was she with the flattery of the Fox that she forgot to be wary. She opened her mouth to show the Fox he sweetness of her voice, when down fell the bit of cheese which was exactly what was expected.

The Fox ate it at one mouthful then stopped to say. "Thank you madam, I am quite satisfied. Your voice is well enough, I have no doubt. What a pity it is you are so sadly wantng in wit!"

* Be on your guard when peope flatter you.

16. 여우와 까마귀

어느 날 까마귀가 치즈 한 조각을 훔쳐서 그것을 소중히 먹으려고 나무숲 속으로 날아 들어갔습니다.

까마귀가 치즈를 주둥이에 물고 나무에 앉아 있노라니 마침 여우가 지나가다가 위를 쳐다보는 동안 까마귀가 눈에 띄었습니다.

"참, 그 치즈 냄새가 좋다." 하고 여우는 생각했습니다. "저것을 꼭 빼앗을테야, 나는 여우야."

나무로 가까이 오면서 여우는 말했습니다. "마나님, 당신은 정말 아름다운 짐승입니다. 나는 당신네 집안들이 보기 드문 아름다움을 소유하고 있다는 것을 몰랐습니다. 참 그 눈매라던지 공단빛 나는 깃이라던가 아름다운 생김새며! 그런데 참 마나님의 음성도 아름답겠지요? 만일 그러하시다면 마나님은 조류의 여왕으로 불리워짐이 당연합니다. 어려우시겠지만 노래나 한 곡조 불러 주시렵니까?"

까마귀 떼의 까욱까욱 하는 소리는 음악적이 아님은 다 아는 바입니다. 까마귀는 경계해야 했것만 여우의 아첨에 너무나 기분이 좋아서 조심하는 것도 잊었습니다. 까마귀는 자기의 명창을 여우에게 들려 주기 위해서 입을 벌렸습니다. 그 순간 치즈 조각은 떨어져 버렸습니다. 이야말로 여우가 기대하고 있었던 바입니다.

여우는 그 치즈를 한입에 삼켜 버리고 발을 멈추면서 말하였습니다. "감사합니다. 마나님 참으로 만족합니다. 의심할 여지없이 마나님의 음성은 대단히 좋습니다. 그러나 마나님은 지혜가

so as to eat = so that she might eat

at her leisure; 천천히

was not aware = did not know

glossy; 광택있는

family; 족속

guard; 조심하다.

flattery; 발라 맞추다, 아첨

It is a pity to; ～은 유감이다.

satisfied; 만족했다.

wanting in wit; 지혜가 모자란다.

부족해서 유감입니다!"

  * 남이 아첨할 때에는 경계해야 합니다.

17. THE TWO FROGS

Once there were two Frogs who were dear friends. One lived in a deep pond in the woods, the tree hunng over the water, and where no one came to disturb him.

The other lived in a small pool. This was not a good place for a Frog, or any one else, to live in for the country road passed through the pool, and all the horses and wagons had to go that way, so that it was not quite like the pond, and the horses made the water mudy and foul. One day the Frog from the pond said to the other.

"Do come and live with me; and it is so pleasant in my pond."

Now here there is very little food and not much water, and the road passes through your pool, so that you must always be afraid of passers-by. "Thank you." said the other Frog; "You are very kind, but I am quite content here, There is water enough; those who pass never trouble me; and as to food. I had a good dinner the day before yesterday.

I am so used to this place, you know, and I do not like change. But come and see me as often as you can."

The next time the Frog from the pond came to vist his friend, he could not find him. "Too late!" sang a Bird, who lived in a tree that over-hung the pool. "What do you mean?" said the Frog "Dead and gone!" said the Bird. "Run over by a wagon and killed, two days ago, and a big Hawk came and carried him off." "Alass! if he had only

17. 두 마리의 개구리

한 때 사이가 매우 좋은 두 마리의 개구리가 있었습니다. 한 마리는 나무 숲속 깊은 못에 살고 있었습니다. 이 연못에는 수목이 물위에 늘어져 있고 아무도 와서 그를 방해하는 자는 없었습니다.

다른 한 마리는 한 조그마한 웅덩이에 살았습니다. 그런데 이 웅덩이는 개구리 뿐만 아니라 다른 것에게도 살기에 좋은 곳은 아니었습니다. 왜냐하면 이 웅덩이는 시골길이 통해 있었으며 모든 말과 짐차가 지나다니므로 못과는 딴판이었습니다. 그래서 말들이 물을 흐리고 더럽게 하였습니다.

어느날 못에 사는 개구리가 와서 웅덩이에 사는 개구리에게 말하였습니다. "부디 와서 나하고 살자, 나는 먹을 것과 물도 충분히 있고 아무것도 나를 귀찮게 하는 것은 없고 그리고 내가 있는 못은 참 유쾌하다. 그런데 여기에는 먹을 것도 적고 물도 적고 길이 웅덩이를 통해 있으니 너는 언제나 지나가는 사람들 때문에 두려워 해야만 하지 않니."

"고맙다" 하고 상대편 개구리가 대답하였습니다." 너는 친절하다마는 나는 이곳을 대단히 만족하고 있다. 물도 충분히 있고 지나가는 사람들도 나를 괴롭히지 않아, 그리고 먹을 것에 대하여 말하자면 나는 그저께 아주 훌륭한 점심을 먹은걸! 너도 알다시피 나는 이곳에 익숙해졌고 변동은 싫어, 하지만 될 수 있는대로 가끔 와서 만나기나 해다오."

다음번에 못에 사는 개구리가 동무를 찾아 왔으나 만날 수가

taken my advice, he might have been well and happy now,"
said the Frog, as he turned sadly towadrs home; "but he
would have his way, and I have lost my friend."
  * Willful people will not listen to reason.

 숙어 및 단어

hung over; ～위에 늘어졌다.
disturb; 괴롭히다.
any one else = any other one; 누구든지
passers-by = passer-by의 복수; 지나가는 사람들
content; 만족한
am so used to; 길들였다, 익숙하다.
change; 변화, 이동
too late; 너무 늦다.
in time; 때를 만났다.
run over; 치었다.
taken my advice; 충고를 듣다.
willful; 고집이 센
reason; 이유, 까닭

없었습니다. "벌써 늦었다!" 하고 그 웅덩이에 느러진 나무에 사는 새가 말하였습니다. "너 그게 무슨 말이니?" 하고 개구리가 말했습니다.

"죽어서 없어졌단 말이야." 하고 새가 말하였습니다. "이틀 전에 짐차에 치었는데 큰 매가 한 마리 와서 움켜 가버렸어"

"아이 불쌍도 해라! 나의 충고만 들었던들 그는 잘 있고 행복할 것을…" 하고 슬프게 집쪽으로 향하면서 개구리는 말했습니다.

* 고집이 센 사람은 도리라고 해서 귀를 기울이지 않는다.

18. THE FOX AND THE GOAT

A Fox once happened to fall into a deep well. He tired in every way to get out, but at last began to think that it was impossible, and that he must die there, a prisoner. While he was thinking how and that would be, a Goat came and looked down the well, wishing that he could get some water. He soon saw the Fox.

"Hello," said the Goat, "is that water good?"

"It is the best I ever tasted," answered the Fox. "It is cool, and clear, and delicious. Come down and try it."

"I will," said the Goat, "for I am nearly dead with thirst."

So he jumped down, and drank as much water as he wanted.

"Oh how refreshing!" cried he.

"Yes," said the Fox; "and now, if you have finished drink-ing, let me ask how you expect to get out of this well again."

"Oh, I don't know," replied the Goat "How do you expect to get out?"

"That is what I have been wondering about for the last hour," said the Fox, "and have just now thought of a good plan. If you will put your fore feet high up on the wall, I will climb up your back, and so get out, and then, of course, I can help you out." "Very well," said the Goat, who was a simple creature, "that is a good plan. How I wish I had your brains, to be sure!" He put his forefeet on

18. 여우와 염소

어느 날 여우가 어느 깊은 우물에 빠지게 되었습니다. 여우는 밖으로 나오려고 온갖 수단을 다 써서 노력했으나 마침내 밖으로 나오기는 불가능하고 여기서 옥사하는 수 밖에 없구나 하고 생각하였습니다." 이렇게 우물에서 죽는다는 것이 얼마나 슬픈 것일까" 여우가 생각하고 있는 동안에 염소가 와서 물을 좀 먹었으면 하고 우물을 내려다 보았습니다.

"여보게" 하고 염소가 말했습니다. "그 물은 좋은가?"

"물은 내가 맛을 본 중에 제일 좋은데." 하고 여우는 대답했습니다.

"시원하고 맑고 맛이 좋아, 내려와서 한번 시험해보렴."

"그럼 내려가지" 하고 염소가 말했습니다. "나는 목이 말라 죽을 지경이니까."

그리하여 염소는 뛰어 내려가서 마음껏 물을 마셨습니다.

"아, 참 시원하다." 하고 염소가 말했습니다. "그런데, 물을 다 먹었으면 물어 보겠는데 자네는 대체 어떻게 해서 이 우물을 다시 나갈 수 있을까?"

"아, 나도 모르겠는데..." 하고 염소가 대답하였습니다. "자네는 어떻게 나갈 작정인가?"

"그것은 나도 여지껏 생각해 온 일인데..." 하고 여우가 말했습니다. 그런데 지금 좋은 수단을 하나 생각해 냈는데, 자네가 앞발을 벽에다 높이 올리고 있으면 내가 자네 등으로 올라가서 우물 밖으로 나가지 않겠니, 그리고 나서 물론 자네를 도와서 밖으로

the Fox casily cimbed out, and started to go on his way. "Wait a moment," said the Goat; "you forgot to help me out." "You foolish fellow!" said the Fox "you ought to have thought how you would get out, before you jumped down. Look before you leap. Good-by! I have business that must be seen to," and he ran off.

 숙어 및 단어

Happened to; 우연히 ~했다.
It was impossible = it 는 to get out.
ever tasted; 지금까지 맛본
delicious; 맛있는, 진미의
with thirst; 목이 말라서
refreshing; 회생하는 것 같다.
let me ask = please tell me.
expect; 예상하다, 기대하다.
forefeet = forefoot; 앞발의
creature = 어리석은 동물
brains = wits; 지혜
go on his way; 저 갈 데로 가다.
leap; 뛰다.

나오게 하잖나."

　"참 좋은데." 하고 단순한 짐승인 염소가 말했습니다." 그것 참 좋은 계획인데, 나도 자네같은 두뇌만 가졌으면 참 좋겠어." 염소는 앞발을 벽에다 올렸습니다. 그리하여 여우는 쉽사리 밖으로 나와서 제 갈길만 가려 했습니다.

　"잠깐만 기다려 줘." 하고 염소가 말했습니다." 자네는 나를 밖으로 나가도록 힘써주기를."

　"이 어리석은 놈아!" 하고 여우는 말했습니다. "뛰어 들기 전에 나올 방법을 생각하고 있어야 하지 않았겠나. 뛰기 전에 잘 보아라. 그럼 먼저 가겠다. 나는 꼭 보아야 할 일이 있단 말이야." 하고 여우는 뛰어 달아났습니다.

AESOP'S FABLES

19. THE DOG IN THE MANGER

A sleepy Dog went to the barn, and jumped into a manger full of hay, curling himself up there for an afternoon nap.

When he had been sleeping comfortably for some time, the Oxen come in for their supper.

Then the Dog awoke, and began to crowl and bark at them.

"Stop a moment" said one of the Oxen. "Do you want to eat this hay?" "No," said the Dog, "I shouldn't think of such a thing. "Very well, then," said the Ox, "we do want to eat it, for we are hungry and tired." "Oh, go away," growled the Dog, "and let me seep." "What an ugly, snappish fellow!" said the Ox. "He will neither eat the hay himself, nor let us eat it!"

 숙어 및 단어

manger; 구유, 여물통
curling; 나뭇잎 말린 것, 머리카락을 지지다.
nap; 낮잠
oxen; ox(황소)의 복수, 암소는 cow
shouldn't think; 먹으려 해도 먹을 생각 없다.
we do want = we want의 강의문
ugly; 보기 흉한
neither ~ nor; ~도 않고, ~도 역시 아닌

19. 여물통 안에 들어있는 개

졸리운 개 한 마리가 외양간으로 가서 꼴이 가득찬 여물통 속으로 뛰어 들어가서 낮잠이나 한숨 잘까 하고 꾸부리고 누워 있었습니다.

얼만동안 개가 편안히 자고 있노라니까 황소들이 저녁을 먹으려 들어왔습니다.

그러자 개는 잠이 깨어 소들한테 으르릉 하고 짖기 시작하였습니다.

"잠깐만 그쳐" 하고 황소들 가운데서 한 마리가 말했습니다."

"너 이 풀이 먹고 싶니?"

"아니" 하고 개는 말을 했습니다. "난 그런 것은 생각지도 않아."

"그러면 좋아." 하고 황소가 말하였습니다. "우리도 시장하고 피로하기 때문에 그것을 먹어야겠어."

"아, 비켜" 하고 개는 으르릉댔습니다. "나는 잘테야."

"고약한 놈" 하고 황소는 말했습니다. "저놈은 풀을 제가 처먹지도 않고 우리들도 먹지 못하게 하네!"

20. THE LION AND THE MOUSE

It once happened that a hungry Lion woke to find a Mouse just under his paw. He caught the tiny creature, and was about to make a mouthful of him, when the little fellow looked up, and began to beg for his life. In most piteous tones the Mouse said. "If you would only spare my life now, O Lion, I would be sure to repay you!"

The Lion laughed scornfully at this, but he lifted his paw, and let his brave prisoner go free.

It befell the great Lion, nor long afterward, to be in as evil a case as had been the helpless Mouse. And it came about that his life was to be saved by the keeping of the promise he had ridiculed.

He was caught by some hunters, who bound him with strong rope, while they went away to find means for killing him.

Hearing his loud groans, the Mouse came promptly to his rescue, gnawed the great rope, and set the royal captive free. "You laughed," he said, "at the idea of my being able to be of service to you. You little thought I should repay you. But you see it has come to pass that you are as greatful to me as I was once to you."

 * The weak have their place in the world as truly as the
  strong.

20. 사자와 쥐

어느 날 시장한 사자가 잠에서 깨어 보니 마침 바로 자기 발 밑에 쥐가 있는 것을 보게 되었습니다. 사자는 그 작은 쥐 새끼를 붙잡아서 한 입에 삼켜 버릴려고 하려니까, 그 순간 그 작은 녀석은 쳐다보며 자기의 생명을 빌기 시작하고 있었습니다. 아주 가련한 어조로 쥐는 말했습니다. "지금 오로지 나의 목숨만 구해주신다면, 이 사자님이시여, 나는 진정 당신에게 보답하오리다."

사자는 가소로이 쥐를 보고 웃으면서도 발을 들어 그 용감한 포로를 마음대로 가게 놓아 주었습니다.

그 후 얼마 되지 않아서, 전에 쥐가 꼼짝할 수 없던 나쁜 경우를 당했던 것처럼 그 위대한 사자도 당하게 되었습니다. 그리하여 사자가 비웃어 오던 약속의 지킴에 의하여 자기의 생명이 구제받게 되었던 것입니다.

사자는 몇 사람의 포수들에게 붙잡히고 말았습니다. 포수들은 사자를 죽일 연장을 구하려고 가버린 동안 튼튼한 밧줄로 묶어 놓았습니다.

사자의 우렁찬 신음소리를 듣자 쥐는 사자를 구제하려 즉시 와서 그 큰 밧줄을 끊어서 왕초 포로를 석방했습니다.

"당신은 비웃었습니다." 하고 쥐는 말했습니다.

그가 사자에게 보답할 수 있게 되리라는 생각에서 말입니다.

"내가 당신에게 은혜를 갚을 것이라는 것을 생각하시지 않으셨습니다. 그러나 지난 날 내가 당신이 고마웠던 것처럼 당신이

숙어 및 단어

It happened that; 마침 ~였다.

was about to = was going to; 금방 ~하려던 중이다.

Lion woke to ~; ~이 to는 결과를 나타내는 부정문

befell = happened to; 일어나다, 만났다.

to be in as evil a case; 재난에 빠지다.

was caught; 붙들렸다.

means; 수단

groans; 신음(하다).

the weak, the strong = people.

their place; 상당한 위치

royal captive; 짐승의 왕

나를 고마워하게 된 것을 당신은 모욕하시는구려."

　* 약한자도 강한자와 똑같이 이 세상에 있을 지위를 갖고 있는
　　것이다.

21. THE FOX AND THE GRAPES

It was a sultry day, and the Fox was almost famishing with hunger and thirst. He was just saying to himself that anything would be acceptable, when, looking up, he spied some great clusters of ripe, black grapes, hanging from a trellised vine.

"What luck!" he said "if only they weren't quite so high, I should be sure of a fine feast! I wonder if I can get them. I can think of nothing that would refresh me so." Jumping into the air is not the easiest thing in the world for a Fox to do; but he gave a great spring, and nearly reached the lowest clusters. "I'll do better next time," he said. He tried again and again, but did not succeed so well as at first. Finding, at last, that he was losing his strength, and that he had little chance of getting the grapes, he walked off slowly, grumbling, "The grapes, are sour, and not at all fit for my eating. I'll leave them to the greedy birds. They eat anything."

 숙어 및 단어

sultry; 무더운
famish; 죽다.
famishing; 죽을 지경이다.
acceptable; 받아 들일만한, 마음에 맞는 것
ripe; 익다.

21. 여우와 포도

어느 무더운 날이었습니다. 그래서 여우는 배도 고프고 목이 말라서 굶어 죽을 지경이었습니다. 여우가 혼잣말로 무엇이라도 주워 먹고 싶은데 하면서 지꺼리고 있을 그때 마침 머리를 추켜 들고 보니 큼직하게 무르익은 검은 포도송이들이 넝쿨시렁에 매어 달려있는 것을 보게 되었습니다.

"재수 좋은데!" 하면서 여우는 말했습니다. "저것들이 제발 너무 높지만 않다면 한 끼니 잘 먹는 것은 틀림 없을텐데! 내 키가 포도에 미칠까? 저것 만큼 나늘 기운나게 하는 것은 없 거던."

여우로서 공중에 뛰어 오른다는 것은 이 세상에서는 쉬운 일은 아니지만 여우는 한번 힘껏 뛰어서 제일 나즈막한 시렁에 오를번 하였습니다.

"다음은 좀 더 잘해 봐야지." 하고 여우는 말했습니다. 여우는 또 다시 뛰어 보았습니다만은 맨 처음 만큼도 성공하지 못했습니다. 드디어 자기의 힘을 잃고 있다는 것과 포도를 딸 기회가 희박 하다는 것을 깨달은 여우는 쉬엄 쉬엄 물러 가면서 투덜거렸습니다. "포도는 시어서 나의 구미에는 맞질 않군, 탐욕스런 새들에게나 맡겨두어야지, 새들은 아무거나 쳐먹으니까."

think of; ～이 생각난다.
refresh; 원기를 돕는 것
I wonder if; ～인지 의문이다.
spied; 발견했다.
walk off; 물러가다.
losing his strength; 힘을 잃었다.

22. THE MICE IN COUNCIL

Some little Mice, who lived in the walls of a house, met together one night, to talk of the wicked Cat, and to consider what could be done to get rid of her. The head Mice were Brown-back, Grey ear, and White-whisker. "There is on comfort in the house," said Brown-back; "if I but stop into the pantry to pick up a few crumbs, down she comes and I have hardly time to run to my nest again."

"What can we do?" asked Grey-ear, "shall we all run at her at once and bite her, and frighten her away?"

"No," said White-whisker; "she is so bold we could not frighten her. I have thought of something better than that. Let us hang a bell round her neck. Then, if she moves, the bell does ring, and we shall hear it, and have time to run away."

"O yes! yes!" cried all the Mice. "That is a capital idea. We will bell the Cat! Hurrah! hurrah! No more fear of the Cat!" and they danced in glee.

When their glee had subsided a little, Brown-back asked, "But who will hang the bell round her neck?"

No one answered. "Will you?" he asked of White-whisker.

"I don't think I can," replied White-whisker; "I am lame, you know. It needs some one who can move quickly." "Will you Grey-ear?" said Brown-back.

"Excuse me," answered Grey-ear;" I have not been well since that time when I was almost caught in the trap,"

22. 회의하는 생쥐들

어느 집 벽돌 사이에 살고 있는 조그마한 생쥐들이 사악한 고양이에 대해서 의논해서 고양이를 처치해 버리는 데에 무슨 방법이 행해져야 하는가를 생각하기 위하여 어느 날 밤에 같이 모였습니다. 우두머리 쥐들은 황갈색 잔등의 쥐, 회색빛 쥐, 그리고 흰빛 수염의 쥐 등이었습니다.

"집안에는 도무지 안전성이 없군."하고 황갈색 잔등의 쥐가 말했습니다. "내가 빵 부스러기라도 주워볼까 하고 식료품실에 들어 가기만 하면 고양이란 놈이 온단말이야, 그래서 나는 보금자리로 다시 돌아 올 시간도 없거든."

"어쩌면 좋을까?"하고 회색빛 쥐가 물었습니다. "우리 모두 일시에 쫓가서 그놈을 물어뜯어 그놈을 혼을 내서 쫓아버릴까?"

"오냐." 하고 흰빛 수염의 쥐가 말했습니다. "고양이란 놈이 하도 대담해서 우리는 그놈을 위협할 수가 없단말야. 나는 그보다 더 나은 생각을 가지고 있는데, 즉 그의 목에다 방울을 하나 걸어놓읍시다. 그렇게 하면 그가 움직이기만 한다면 그 방울은 울릴 것이니 우리는 그 소리를 들으면 도망칠 시간이 있잖냐 말이야."

"아, 옳소, 옳아!"하고 모든 쥐가 외쳤습니다. "그건 참 근본적인 의견이야. 고양이란 놈에게 방울을 달아야지! 만세, 만세! 고양이의 공포도 이제 그만이다!" 하면서 쥐들은 기쁨에 넘쳐 춤을 추었습니다.

기쁨이 어느 정도 진정되자 황갈색 잔등의 쥐가 물었습니다.

"Who well bell the Cat, then?" said Brown-back. "If it is to be done, some one must do it."

Not sound was heard, and one by one the little Mice stole away to their holes, no better off than they were before.

* When there is trouble, there is need of some one to act as well as some to advise.

 숙어 및 단어

mice; mouse 의 복수
to talk of; ~를 의논하다.
comfort; 안락
pantry; 식료품실,
consider; 깊이 생각하다.
run at her; 그들을 향하여 뛰어들다. 공격의 뜻
frighten her away; 협박하여 내쫓다.
bold; 대담한
in glee; 기뻐서
asked of; of 는 없어도 무방함
lame; 절름발이
trouble; 괴로운 일
need; 필요
to act; 실행
advise; 충고

"하지만 누가 고양이 목에 방울을 걸겠소?"

아무도 대답하지 않았습니다. "당신이 하겠소?"하고 황갈색 잔등의 쥐가 흰 수염의 쥐에게 물었습니다.

"내 생각에는 나는 그것을 못할 것 같소."하고 흰 수염의 쥐가 대답했습니다. "당신이 아시다시피 나는 절름발이가 아니오. 그 일은 재빨리 움직일 수 있는 다른 쥐가 필요하오."

"당신 하시겠소, 회색쥐씨?" 하고 황갈색 잔등이가 말했습니다. "미안합니다."하고 회색쥐가 답변했습니다. "내가 덫에 걸릴 뻔한 이후에 몸이 편하지 못합니다."

"그러면 누가 고양이에게 방울을 달겠소?" 하고 황갈색 잔등이가 말했습니다. "해야 할 일이라면 다른 쥐라도 그것을 꼭 해야만 하는데."

소리 하나 들리지 않았습니다. 그리하여 작은 쥐들은 하나씩 하나씩 제 구멍으로 슬며시 가버렸습니다. 그들이 전에 지내는 것보다 더 나아진 것은 없습니다.

　* 괴로움이 생겼을 때에는 충고해 주는 이 못지 않게 행할 이　 도 필요한 것입니다.

23. THE ASS AND THE FROGS

An Ass was one day walking through a pond with a load of wood on his back, when his foot slipped, and he fell down. "Help, help!" cried the poor Ass, as he struggled and kicked in the water. But his load was so heavy that he could not get up, and he groaned aloud. "What a foolish fellow," said the Frogs, "to make such a fuss about a little fall into the water. What would you say if you had to live here always, as we do?"

* We judge others by ourselves.

 숙어 및 단어

pond; 못(연못)
slip; 미끄러지다.
struggled; 애를 쓰다, 몸부림치다.
kicked; 걷어차다.
groaned; 신음했다.
to make a fuss; 야단법석
a little fall; 조금 떨어진 것

23. 나귀와 개구리

어느 날 나귀가 등에 장작을 한짐 싣고 못을 지나가고 있을 때 였습니다. 나귀 앞발이 미끄러져서 그만 넘어지고 말았습니다.

"살려주세요!" 하면서 물속에서 몸부림과 발버둥을 치면서 이 가련한 나귀는 외쳤습니다.

그러나 나귀는 짐이 너무 무거워서 일어서지도 못하고 큰 소리 로 신음했습니다.

"원, 어리석은 놈도 다 보겠군" 하면서 개구리들이 말했습니다.

"물에 약간 빠졌다고 그처럼 소동을 치다니, 우리가 물속에서 살지 않으면 안 되는 것처럼 네가 여기서 늘 산다면 너는 무슨 소 리를 할테냐?"

* 우리는 우리 자신만을 표준 삼아서 다른 이들을 판단하고 있 습니다.

24. THE EAGLE AND THE FOX

One day a mother Eagle came flying out of her nest, to look for food for her babies. She circled round and round, far up in the air, looking down upon the earth with her keen eyes.

By and by she saw a little baby Fox, whose mother had left it alone while, like the Eagle, she went for food. Down came the bird, whir went her wings, and away she soared again with the little Fox clutched fast in her claws.

The poor mother Fox just at that moment came running home to her child, and saw it being carried away.

"O Eagle!" she cried, "leave me my one little baby.

Remember your own children, and how you would feel if one of them should be taken away.

O, bring back my poor cup!"

But the cruel Eagle, thinking that the Fox could never reach her, in her nest high in the pine-tree, flew away with the little Fox, and left the poor mother of cry.

But the mother Fox did not stop to cry long. She ran to a fire that was burning in the field, caught-up a blazing stick of wood, and ran with it in her mouth, to the pine-tree where the Eagle had her nest.

The Eagle saw her coming, and knew that the Fox would soon have the tree on fire, and that all her young ones would be burned. So, to save her own brood, she begged the Fox to stop and brought her back her little one safe and sound.

24. 독수리와 여우

어느 날 어미 독수리가 자기 보금자리를 나와서 새끼들에게 줄 모이를 구하려고 날으고 있었습니다. 독수리는 공중에 높이 올라서 날카로운 눈으로 땅 위를 내려다 보면서 빙글빙글 떠돌고 있었습니다.

그런데 독수리는 자기처럼 여우가 먹을 것을 구하러 나가고 혼자 남겨둔 어린 새끼 여우를 보았습니다.

독수리는 휙 소리를 내면서 날아 내려 와서 발로 여우 새끼를 움켜 쥐고 다시 하늘로 휙 올라갔습니다.

가련한 어미 여우는 때마침 다름박질쳐서 자기집 새끼에게로 왔습니다마는 새끼가 채여가는 것을 보게 되었습니다.

"아, 독수리씨여!" 하고 여우는 부르짖었습니다. "나에게 단 하나 뿐인 애기를 놓고 가세요. 당신네 아기들을 생각해서라도, 만일 당신네 애기들 중에서 하나라도 채어간다면 당신은 기분이 어떻겠어요? 오! 가련한 나의 애기를 도로 갖다 주세요."

그러나 잔인한 독수리는 소나무 위 높이 있는 자기의 보금자리에 있으면 여우는 자기에게 절대로 닿지 못할 것이라는 생각을 하면서 가련한 애기여우를 가지고 날아가 버리고 불쌍한 어미 여우가 울도록 버려 두었습니다.

그러나 어미 여우는 긴 울음을 그칠 줄 몰랐습니다. 여우는 들판에서 타오르는 불가에서 이글이글 타고 있는 장작을 하나 주어 가지고 그것을 주둥이에 물고서는 독수리의 보금자리가 있는 소

숙어 및 단어

did not stop to cry = didnot stop crying sound

look of; 찾다.

circled; 돌았다.

far up in the air; 공중 높은데서

left it alone; 혼자 남겨 두었다.

whir; 큰소리 내다.

cup; 맹수의 새끼

remember; 기억하다.

cruel; 잔혹한, 몹쓸

나무로 달려갔습니다.

　독수리는 여우가 오는 것을 보고 여우가 곧 나무에다 불을 지르면 자기의 어린 것들은 다 타버릴 것을 짐작하였습니다. 그리하여 자기 새끼를 구하기 위하여 여우에게 불을 지르지 못하게 하고 여우 새끼를 안전하게 되돌려 주었습니다.

25. THE OLD HOUND

Once there was a beautiful Hound. He had long, silky ears, and a smooth, bright skin; and he was not only, beautiful, but strong and swift, and a faithful servant.

Wherever his master went hunting, the Hound went with him, and chased the deer. After many years, the Hound grew old and feeble; but still he followed his master with the other dogs.

One day a stag had been chased till it was almost tired out, and the old Hound came up with it, and seized it; but his teeth were old and broken, and could not hold fast.

Just then the master rode up, and, seeing what had happened, was very angry, and took his whip to strike his faithful old Hound.

"O dear Master," said he, "do not strike me, I meant to do well, it is not my fault that I am old. Remember what I have been, if you do not like me as I am now."

 숙어 및 단어

silky; 비단같은   swift; 재빠른   faithful servant; 충실한 하인
deer; 사슴   not only A but(also) B; A뿐만 아니라 B도
feeble; 약한   chased; 쫓았다.   tired out; 지쳐 떨어지다.
come up with; ~을 따르다.   seized; 붙잡다.
hold fast; 꽉 잡다.   what I have been; 현재의 나

25. 늙은 사냥개

옛날에 아름다운 한 사냥개가 있었습니다. 비단 같은 귀와 부드럽고 반질반질한 털을 가진데다가 아름답기만 했을뿐 아니라 억세고 재빠르고 충실하게 심부름을 하는 개이기도 하였습니다.

어디든지 주인이 사냥하러 갈 때마다 그 개는 주인을 따라가서 사슴을 쫓았습니다. 여러 해가 지난 뒤 사냥개는 늙고 약해졌습니다. 그러나 사냥개는 아직도 다른 개들과 같이 주인을 따라 다녔습니다.

어느 날 숫사슴이 추격을 당하여 피곤해서 그만 쓸어지게 되었을 무렵에 사냥개가 따라가서 잡았습니다. 그러나 이빨이 낡아 부러져서 꼭 잡고 있을 수가 없었습니다. 그래서 숫사슴은 갑자기 한번 앙탈을 부려서 도망쳐 버렸습니다.

때마침 주인이 말을 타고 올라와서 그 일어난 일을 보자 매우 분노하여 주인은 자기의 충실한 늙은 사냥개를 말채찍으로 후려갈기었습니다.

"아이고 주인님" 하고 사냥개는 말했습니다. "저를 때리지 마세요. 저는 잘 하려고 했어요. 내가 늙은 것은 저의 탓이 아니요. 지금 이렇게 된 저를 싫어하신다면 과거에는 제가 어떻게 했다는 것을 생각해 보세요."

26. THE WIND AND THE SUN

The North Wind and the Sun once fell into a dispute as to which was the stronger of the two. They related their most famous exploits, and each ended as he began, by thinking he had the greater power.

Just then a traveler came in sight, and they agreed to test the matter by trying to see which of them could sooner get off the cloak he were wrapped around him.

The blastful North Wind was the first to try.

He blew a most furious blast, and nearly tore the cloak from its fastenings at his first attempt; but the man only held his cloak the more closely, and old Boreas spent his strength in vain. Mortified by his failure to do so simple a thing, he at last withdrew.

Then came the kindly Sun, dispelling the clouds that had gathered, and sending his warmest rays straight down upon the traveler's head. Growing faint with sudden heat, the man quickly flung aside his cloak, and hastened for protection to the nearest shade.

* Persuasion is often better than force.

 숙어 및 단어

fell into = began to as to; ～에 대하여
came in sight = be seen appear; 보여지다.
test the matter; 사건을 시험하다.

26. 바람과 해

어느 날 북풍과 해가 둘 중에서 어느것이 더 억세냐 하는 말다툼을 하게 되었습니다.

그들은 자기가 더 억센 힘을 가지고 있다는 생각으로 이야기를 시작했을 때 처럼 자기들의 공덕을 이야기 하다가 서로 끝이고 말았습니다.

마침 그때에 한 길손님이 오고 있었습니다. 그래서 북풍과 해는 어느편이 재빨리 길 손님이 입고 있는 외투를 벗길 수 있는가를 시험해서 그문제를 풀어 보기로 합의하였습니다.

거만한 북풍이 먼저 시험했습니다. 북풍이 가장 맹렬한 광풍을 불어대니, 처음에는 그의 외투의 단추 구멍이 거의 다 찢어질뻔 했습니다. 그러나 길손은 외투를 점점 꼭 잡기 때문에 북풍은 모든 힘을 헛되이 쓰고 말았습니다.

북풍은 자기가 그렇게도 간단한 일에 실패함으로 말미암아 몹시 모욕감을 느끼면서 마침내 물러가고 말았습니다.

그러자 친절한 해가 와서 몰렸던 구름을 헤쳐 버리면서 자기의 빛을 길손님의 머리 위로 보내고 있었습니다. 갑자기 더움으로 말미암아 기진 맥진 하면서도 길손은 외투를 재빨리 벗어제치고 제일 가까운 그늘로 몸을 보호하러 급히 달려 갔습니다.

*설득은 왕왕 완력 보다 효과적입니다.

get off = take off; 벗다.

blast; 부는 것

was the first to try; 먼저 시험했다.

kindly; 친절한(행동)

kind; 성질이 친절한

growing faint; 기력이 없어지다.

for protection; 보호를 구하러(받으러)

persuation; 도리를 설명하여 움직이게 함.

27. THE FLY AND THE MOTH

A Fly alighted one night upon a pot of honey, and finding it very much to his taste, began to eat it along the edges. Little by little, however, he soon crept farther away from the edge, and into the jar, until at last he found himself stuck fast. His legs and wings had become so smeared with the honey that he could not use them.

Just then a Moth flew by, and seeing him struggling there said, "Oh you foolish fly! Were you so greedy as to be caught like that? Your appetite was too much for you."

The poor Fly had nothing to say. But by and by, when evening came, he saw the Moth flying round the lamp in the giddiest way, and each time a little closer to the flame, until at last he flew straight into it, and was burned to death.

"What!" said the Fly, "are you foolish too? You found fault with me for being too fond of honey; yet all your wisdom did not keep you from playing with fire."

* It is some times easier to see the faults of others than to detect our own.

 숙어 및 단어

little by little; 조금씩, 점점
until at last; 드디어
smeared; 투성이가 되다.

27. 파리와 좀나비

어느 날 파리 한 마리가 꿀단지 위에 미끄러져 앉았더니 꿀이 매우 입맛에 당기어 단지 언저리를 따라서 먹기 시작했습니다.

그러나 차차로 파리는 언저리에서 멀리 떠나서 단지 속으로 쉽게 들어갔기 때문에 나중에는 꿀에 꼭 붙었습니다. 그래서 다리와 날개가 꿀투성이가 되어 파리는 다리와 날개를 쓸수 없었기 때문에 요동을 못하였습니다.

마침 그때 좀나비 한 마리가 날아와서 파리가 기를 못쓰는 것을 보자 말을 하였습니다. "이 어리석은 파리야. 너는 그렇게 잡히리만큼 욕심스러웠더냐? 식욕이 너에게는 너무 지나쳤던 거로군."

가련한 파리는 할 말이 없었습니다. 그러나 얼마 후 저녁이 오자 파리는 좀나비가 어지럼증이 나게 등불 주위에 빙글빙글 날아돌면서 점점 등불 가까이 닿으면서 마침내 불 속으로 날아들때까지 보았던 것입니다. 그리하여 좀나비는 타 죽었습니다.

"응!" 하고 파리가 말하였습니다. "너도 역시 어리석은 놈이구나. 너는 내가 꿀을 좋아한다고 나무랐지만 너의 지혜도 네가 불장난 하는 것을 막아내지 못했구나."

* 자신의 허물을 깨닫는 것 보다 때로는 남의 험물을 보는게 더 쉽습니다.

AESOP'S FABLES

so as to be; ~할 정도로

too much for = more than a match for; 이기지 못하다(승리).

in the giddiest; 가장 어지럽게

each time; 한번 마다

burned to death; 타서 죽었다.

found fault with me for; ~라고 내게 잔소리를 했다.

faults; 결점

detect = find

28. THE AXE AND THE TREES

Once upon a time a man to a forest to ask the Trees if they would give him some wood to make a handle for his Axe. The Trees thought this was very little to ask, and they gave him a good piece of hard wood. But as soon as the man had fitted the handle to his Axe, he went to work to chop down all the best Trees in the forest. As they fell groaning and crashing, they said mournfully one to another, "We suffer for our own foolishness."

 숙어 및 단어

once upon a time; 옛날에
axe; 도끼
handle; 자루, 손잡이
very little to ask; 어렵지 않은 척
chop down = cut down; 베어넘겼다.
one to another; (3인 이상)서로
each other; (2인 이상)서로

28. 도끼와 나무

옛날에 한 사람이 나무 숲에 와서 도끼 자루로 쓸 재목을 좀 줄 수 있겠느냐고 요청했습니다.

나무는 이것은 그다지 어려운 청은 아니라 생각하고 좋은 재목을 하나 그 사람에게 주었습니다. 그는 도끼에 자루를 박기가 바쁘게 숲속에 가서 가장 훌륭한 나무를 모조리 찍어 넘기었습니다.

나무가 요란한 소리와 함께 부러지면서 땅바닥에 쓰러질 때에 그들은 애처러운 소리로 서로 후회하였습니다.

"우리들은 자신의 어리석음 때문에 고생한다."

29. THE OLD MAN AND HIS SONS

An old Man had many Sons, who were often quarreling.

Their father tried to make them good friends, but he could not. At last he called all his Sons to him, and showed them a bundle of sticks tied tightly together.

"Now," said the father, "see if you can break this bundle of sticks."

Then each of the Sons took the bundle, and tried with all his might to break it, but not one of them could.

When they had all tried, and given it up, the Father said, "Unite the bundle, and each of you take a stick, and see if you can break that." This they could do very easily.

Then the Father said;

"You saw when the sticks were bound together how strong they were; but as soon as they were united, you broke them easily. Now, if you would stop quarreling, and stand by each other, you would be like the bundle of sticks, no one could do you any harm; but if you do not keep together, you will be as weak as one of the little sticks all by itself."

 숙어 및 단어

make good friends; 의좋게 하다.   see if; 시험해 보다.
with all might; 전력을 다하다.
given it up; 단념하자.   stand by other; 각자의 도움
keep together; 일치 협력하다.

29. 노인과 그의 자식들

한 노인에게 아들이 많았는 데 곧잘 싸움을 하였습니다. 아버지는 그들을 의좋게 하려고 노력을 하였으나 잘 되지 않았습니다.

드디어 그는 아이들을 자기 앞에 불러 단단히 묶인 막대기 한 묶음을 내어보이고 아버지는 말했습니다.

"자 너희들이 이 막대기 다발을 꺾을 수 있는가 시험해 보아라." 그래서 그 아이들은 각각 묶음을 들고 전력을 다하여 그것을 꺾으려고 했으나 한 사람도 꺾지 못하였습니다.

그들은 다시 시험해 보고 단념했을 때 아버지는 이렇게 말하였습니다.

"묶음을 풀어서 각각 막대기 한 개씩 가지고 부러뜨릴 수 있나 시험해 보아라." 이번에는 쉽사리 부러뜨릴 수 있었습니다. 그래서 아버지는 말씀하셨습니다. "막대기가 함께 묶였을 때에 얼마나 튼튼한지 너희들은 시험해 보았지. 그러나 풀어서 놓기가 바쁘게 너희들은 손쉽게 그것을 꺾어 버렸다."

"그러니 너희들은 싸움을 그만 두고 서로가 합심하여 간다면 너희들은 막대기 다발과 같이 아무도 해칠 수 없을 것이다. 그러나 만일 너희들이 합심하지 아니하면 고립된 한 개의 막대기와 같이 약해질 것이다."

30. THE MISCHIEVOUS DOG

There was once a Dog, who used to run at every one whom he met, but so quietly that on one suspected harm from him till he began to bite their heels. In order to give notice to strangers that the Dog could not be trusted, and at the same time to punish him, the master would sometimes qang a bell about his neck and sometimes compel his to drag a heavy clog, which he attached to his collar by a chain.

For a time the Dog hung his head; but seeing that his bell and clog brought him into notice, he grow proud of them, and ran about the market place to display them and attract attention to himself. He even went so far as to give himself airs with the other dogs, who had no such mark of distinction.

But an old hound seeing it said. "Why do you make such an exhibition of yourself, as if your bell and clog were marks of merit? They do indeed bring you into notice; but when their meaning is understood, they are marks of disgrace, a reminder that you are ill—mannered dog."

* It is one thing to be renowned, since our virtues give occasion for it. It is quite another to become notorious for our faults.

30. 장난꾸러기 개

어느 날 만나는 사람마다 달려드는 버릇이 있는 개가 있었다. 그러나 매우 조용하기 때문에 막상 발뒤축을 물어 뜯기 전에는 아무도 그런 해를 끼칠 개라고 의심하는 사람은 없었다. 이 개는 신용할 수 없다는 것을 처음 보는 사람들에게 알리고, 동시에 개를 벌을 주기 위하여 개 주인은 가끔 개 목에 방울을 달기도 하며 또한 쇠사슬로 목도리에 단 무거운 장애물을 억지로 끌리기도 하였다.

개는 잠시 동안 머리를 숙이고 있었으나 방울과 장애물 때문에 주목을 끄는 것을 보고 도리어 그것을 자랑삼아 장터를 돌아다니며 방울과 장애물을 내흔들어 남의 눈이 자기에게 집중하는 것을 즐기었다. 개는 이런한 상패가 없는 다른 개에 대하여 득세한 모양까지 보였다.

그러나 한 늙은 사냥개가 이것을 보고 말을 하였다.

"어찌하여 자네는 방울과 장애물을 금패장처럼 그렇게 자랑하고 있는가! 과연 그 장애물 때문에 자네는 주목을 끌 것은 사실이지만, 그러나 그 뜻을 알게 되면 그것은 수치거리의 표적 밖에 되지 않는다. 자네가 쓸모 없는 개라는 것을 폭로하는 것 밖에 안 된단 말이야!"

   * 덕망 때문에 유명해지는 것은 좋으나 결점 때문에 이름 나는 것은 좋지 못하다.

run at = attack; 습격하다. 덤벼들다.

so quietly; 매우 조용하다, 매우 침착하다.

in order to = so that he may; 하기 위하여

brought him into notice; 때문에 주목을 끌게 되었다.

display; 자랑하다.

give himself airs; 모양을 내다.

marks of disgrace; 치욕의 표적

reminder; 깨우치게 하다.

since = for occasion; 기회, 때, 무렵

31. THE CAT AND THE BIRDS

A Cat, hearing that some birds who lived in a martin box near by were ill, put on his spectacles and his overcoat, and made himself look as much as possible like a doctor, and knocked at the door. "I hear you are all sick," said he. "Let me in, and I will give you some medicine, and cure you." "Not thank you," said the Birds, who saw his whiskers, and knew it was their enemy, the Cat; "we are well enough, much better than if we should open our door, and let you in."

 숙어 및 단어

possible; 있음직한, 되도록
whiskers; 볼에 난 수염, 주둥이 둘레 수염
knocked; 치다, 두드리다, 부딪치다.
medicine; 내복약, 내과 치료
enemy; 적군, 원수
be one's own enemy; 자신을 해치다.

31. 고양이와 새들

한 고양이가 근처의 제비무리 집 속에 살고 있는 몇 마리의
새가 병들었다는 것을 듣고 안경을 쓰고 외투를 입고 되도록 의
사처럼 보이게 하여 문을 노크 하였다. 고양이가 말하였다. "여러
분이 모두 병이 들어있다니 나를 좀 들어가게 하여 주세요. 그러
면 약을 드리고 병을 고쳐들이겠습니다." "아니 괜찮습니다." 하
고 새들은 말했다. 그들은 고양이의 수염을 보고, 그것이 저희들
의 원수인 고양이인 것을 알았던 것이다.

새들은 다시 말했다. "아니, 우리들은 괜찮아요. 우리가 문을
열어 당신을 들어 오게 하느니 보다는 차라리 지금이 훨씬 더 편
안합니다."

32. THE WOLF AND THE HOUSE DOG

A Wolf met a Dog, and, seeing that he looked fat and sleek, said to him, "How does it happen, my friend, that you are so plump, while I, although I run after game day and night am half starved?"

"Why," said the Dog, "I do not have to run after my food. I only guard the house at night, and all the family pet me, and feed me with scraps from their own plates. Come and live with me, and you shall be as well off as I am."

"That I should like," said the Wolf. "I will at least go with you, and try the life."

As they trotted along the road together, the Wolf saw a mark on the Dog's neck, and asked him what it was.

"Oh, that is nothing," said the Dog; "only a little mark made by the fretting of my chain."

"Do you mean to say that you are ever tied up?"

"Why, yes," said the Dog; "they tie me in the day time, but at night I can go where I please."

"Good-by," said the Wolf; "that is enough for me. Though I may not be fat, I will at least be free."

 숙어 및 단어

why = of cause; 그야 말할 것 없지.
sleek; 광택나는

32. 늑대와 개

늑대가 개를 만나서 개의 살찌고 좋은 허울을 보고 늑대가 말을 하였습니다. "어찌된 일인가, 여보게 개님, 나는 밤낮 먹을 것을 찾아 다녀도 지금 거반 굶어 죽을 지경인데 자네만 그렇게 토실토실 살쪄있단 말인가?"

"그거야 뭐 당연한 일이지." 하고 개가 말을 하였습니다. "나는 먹을 것을 찾아 다닐 필요가 없단말이야. 밤에 집을 지켜주기만 하면 모든 집안 사람들은 나를 귀여워하고 접시에 남은 것을 먹여 준단말이야. 그러니 여기와서 나와 같이 살자. 그러면 나처럼 부자유 없이 잘 살게 될터이니."

"그 참 좋은 의견이다." 하고 늑대가 말하였습니다.

"그러면 자네와 같이 가서 생활을 한번 시험이나 하여 보겠네."

늑대와 개가 같이 길을 걸어가는 도중에 늑대가 개의 목에 무서운 흔적을 발견하였습니다. 그것이 무엇이냐고 개에게 물어 보았습니다.

"아 그것 아무것도 아니다."라고 개가 말하였습니다.

"그것은 쇠사슬이 파고들어간 흔적 뿐이지."

"그럼 자네는 언제나 붙들려 있단 말인가?"

"물론 그렇다." 하고 개가 말하였습니다.

"그러나 낮에는 붙들려 매어 있어도 밤이면 마음대로 다닐 수 있단 말이야."

plump; 살찐
game; 잡은 짐승
plates; 큰 접시
at least; 적어도
try the life; 그런 살림을 해 보아라.
trotted; 빨리 걷다.
tretting; 쓸려서
do you mean to say; ～라는 뜻인가.

"그럼 잘 가거라." 늑대는 말하였습니다. "그만 하면 잘 알았다. 나는 살찌지 못할망정 자유의 몸으로 살고 싶네."

33. THE OAK AND THE REED

On the bank of a river grew a tall Oak Tree. It stood with its roots firm in the ground, and its head high in the air, and said to itself;

"How strong I am! Nothing shall make me bow. I look down upon all the other trees."

But one day there was a storm. The terrible unseen wind came and struck the proud Oak. Crash! went the trunk, down came all the beautiful branches, and the Tree fell into the river. As the water carried it away, it passed by a Reed that grew on the bank. The little Reed stood up tall and slender, and looked at the poor broken tree.

"O Reed," said the Tree, "how did it happen that you were not broken down and spoiled when the wind came? You are so little and weak, and I was so strong and proud,"

"Ah! poor Tree," said the Reed, "that is just the reason that the wind did not hurt me. I bent low until it had gone by, but you stood stiff, and tried to stop it on its way. No one can stop the wind. It must go where it is sent but it will not hurt those who are not proud and stubborn."

 숙어 및 단어

look down upon; 경멸하다, 눈 아래로 보다.
crash! went the trunk = broke with crash.

33. 참나무와 갈대

어떤 강기슭에 높은 참나무가 한 그루 자라나 하늘 높이 솟아 오르고 있었다. 그것은 땅에 굳게 뿌리를 박고 있었다. 그리고 생각하였다.

"나는 참 튼튼하거든, 나를 굽히게 할 놈은 하나도 없지." 하고 뽐내었다. "나는 모든 다른 나무를 내려다 볼 수가 있다."

그러나 어느 날 비바람에 부딪쳤다. 전에 보지 못한 무서운 바람이 그 뽐내는 참나무를 부딪치자 나무 줄기는 와지끈 뚝딱 부러지고 아름다운 가지는 넘어져서 참나무는 강물 속으로 떨어져 버렸다. 참나무는 물에 떠내려가서 강기슭에 자라나는 갈대 옆을 지나갔다. 작은 갈대는 미끈하고 날씬하게 서서 가엾게 부러진 참나무를 바라다보았다.

"오! 갈도령" 하고 참나무는 말하였다. "자네는 바람이 불어도 부러지지도 않고 상처도 하나 없는 것은 웬 일인가? 자네는 작고 약한데도, 나는 이렇게 힘이 세어 뽐내고 있었는데도," "아! 가엾은 참나무 영감." 하고 같이 말하였다. "바람이 나를 해치지 않은 것은, 바람이 지나갈 때까지 구부러져 있거든요. 바로 그것 때문입니다. 당신은 뻣뻣이 서서, 바람이 지나가는 것을 고집으로 막으려고 한 때문에 부러진 것입니다. 그러나 바람은 뽐내거나 고집도 세지 않은 자들은 결코 해치지 않아요."

tall and slender; stood up의 보충
how did it happen that = way
spoil; 상하게 하다, 못쓰게 만들다.
gone by = went away
stiff = stood firm

34. THE WIDOW AND HER LITTLE MAIDS

A Widow who had great reputation as a house-keeper, because she was so fond of cleaning, was waited upon by two little Maidens.

She waked before the dawn herself, and at cockcrowing rose and called her little Maids.

The Maidens, who had no taste for such excessive tidiness, and who were kept weary by such constant labor, held a spite against the poor cock, for rousing their mistress so early.

"If it were not for him," they said, "she would sleep till the sun is well up. Let us kill the cock, since there is no other way to stop his loud crowing."

But the mistress, no longer hearing the cock, was unable to tell the time, and so often woke her Maidens in the middle of the night, and set them at work.

 숙어 및 단어

reputation; 명성, 평판   house keeper; 살림하는 사람
waited upon; 심부름하다.   maiden = girl
were kept weary; 늘 피곤하여 있다.
is well up = is high up
since = because   to tell = to know
set them at work = let the work

120

34. 과부와 그의 어린 하녀들

몹시 청소를 좋아했기 때문에 살림꾼으로 호평이 자자한 어느 과부가, 두 어린 하녀를 부리고 있었다.

이 과부는 날이 밝기 전에 잠을 깨어, 닭이 울 무렵에 일어나서 어린 하녀를 깨웠다.

이 하녀들은 이렇게 지나친 청소에 취미를 잃었을 뿐만 아니라, 쉴 사이도 없이 노동을 하기에 피곤하였기 때문에 수탉이 너무 일찍이 주인을 깨우는 것을 원망하였다. 저 수탉만 없었더라면 하고 하녀들은 말하였다.

"그러면 안주인은 해가 둥글게 뜰 때 까지 주무시겠지, 그 수탉의 큰 소리를 제지할 다른 방법이 없는 이상 수탉을 죽여 버립시다." 그러한 합의를 보았다.

그런데 안주인은 닭 소리를 들을 수가 없게 되어 시간을 알 수가 없게 되자, 가끔 하녀들을 밤중에 깨워서 일을 시켰다.

35. THE HORSE AND HIS RIDER

A Cavalry officer took the greatest of pains with his charger. As long as the war lasted, the Horse was looked upon as a companion and fellow-helper. He was carefully groomed every day, and fed with hay and oats. But when the war over, the allowance of grain and hay ceased, and the Horse was fed with chaff, and whatever he might find by the wayside. He was made a drudge, too, and often forced to carry loads much too heavy for his strength.

When, in course of time, war was again proclaimed, the soldier drought his military trappings, and put them on his charger; and, after having arrayed his own person with his heavy coat of mail, he mounted to ride to battle. But the Horse, no longer equal to the burden fell down straight way under the weight.

"You must go to the war on foot," he said to his master, "for you have transformed me from a horse into an ass."

* He who slights his friends when he does not need their best offices must not expect them to serve him when he needs them again.

 숙어 및 단어

took the greatest of pains with; ～에 많은 고생을 했다.
was looked upon as; ～로 간주되었다.
fellow-helper; 서로 돕는 사람

35. 말과 기마병

한 기병장교가 자기 군마를 위하여 있는 정성을 다했다. 전쟁이 계속되는 동안에 군마는 자기 동료나 조수처럼 대우받았다. 매일 소중한 손질을 받으며 마초와 귀리를 먹었다. 그러나 전쟁이 끝나면 마초나 곡식의 공급은 끊기고 군마는 볏겨나 왕겨를 먹이거나 혹은 길가에 있는 것을 아무거나 찾아 먹어야 했다. 그리고 천하고 힘든 일까지 하게 되어 가끔 자기 힘에 넘치는 무거운 짐을 운반하지 않으면 안 되었다.

그러는 동안 전쟁이 다시 포고되자 군인은 전쟁용 마구를 끄내어 군마에게 지우고 자기의 무거운 갑옷으로 몸을 무장했으나 말은 벌써 그 짐을 감당할 수가 없었다. 그 무게 때문에 쓰러지고 말았다.

"당신은 걸어서 전쟁터로 나가야 됩니다." 라고 군마는 주인에게 말하였다. "당신은 나를 말로부터 당나귀로 바꾸어 놓았으니까요."

* 친구의 힘이 필요하지 않을 때에 그 친구를 업신여기고 다시 그 필요를 느낄 때에 자기를 도와 줄 것을 기대해서는 안 된다.

allowance; 배급, 수당, 분배
drudge; 천한 일을 하는 사람
in course of time; 때가 지나서
proclaimed; 포로되었다.
coat of mail; 갑옷, 군복
slights; 등한시, 성의가 없다.

36. THE FOX AND THE LION

A little Fox was out playing one day, when a Lion came roaring along. "Dear me," said the Fox, as he hide behind a tree, "I never saw a Lion before What a terrible creature! His voice makes me tremble." The next time the Fox met the Lion, he was not so much afraid, but he said to himself, "I wish he would not make such a noise!"

The third time they met, the Fox was no frightened at all.

He ran up to the Lion, and said, "What are you roaring about?" And the Lion was so taken by surprise, that he walked away with out saying a word.

 숙어 및 단어

Dear me; 아이고, 저런
terrible; 무서운
creature; 동물
frightened; 무서워 했다.
run up to; 달려들었다.
taken by surprise; 놀라서 어이가 없다.

36. 여우와 사자

어느 날 어린 여우가 밖에서 놀고 있었습니다. 마침 그때 사자가 으르렁거리며 걸어왔습니다. "아이고!" 하고 여우는 나무 그늘에 숨으면서 말하였습니다. "나는 사자를 한번도 보지 못하였는데 참 무서운 짐승이구나, 그 목소리만 들어도 몸이 부들부들 떨리거던." 다음에 사자를 만났을 때에 여우는 그전처럼 무섭지 않았습니다. 그래서 혼잣말로 중얼거렸습니다. "그가 저런 큰 소리만 내지 아니하면 좋겠는데!"

세 번째 만났을 때에는 여우는 조금도 무서워 하지 않았습니다. 그는 사자에게 달려가서 말했습니다. "당신은 무엇 때문에 큰 소리로 으르렁거리고 계십니까?" 사자는 어이가 없어서 아무말도 안하고 걸어가 버렸습니다.

37. THE TWO GOATS

Two Goats started at the same moment, from opposite ends, to cross a rude bridge that was only wide enough for one to cross at a time.

Meeting at the middle of the bridge, neither would give way to the other. They locked horns, and fought for the right of way, until both fell into the torrent below and were drowned.

 숙어 및 단어

from opposite ends; 반대, 끝으로부터
give way to; 굴하다.
locked; 끼어 걸다.
torrent; 급한 물결

37. 두 마리의 염소

두 마리의 염소가 서로 상대편 끝에서 동시에 보잘 것 없는 한 외나무다리를 건너기 시작하였는 데 그 다리는 넓이가 한 마리 밖에 건너가지 못합니다.

두 염소는 다리 한가운데서 서로 건너가기 위하여 어느 편도 길을 내어주지 않고 서로 뿔을 마주 걸고 통행할 권리를 다투었습니다. 그러다가 드디어 두 마리 모두 아래의 급류에 떨어져 빠져 죽었습니다.

38. THE THIRSTY PIGEON

A pigeon who was very thirsty saw a goblet of water painted on a sign-board. Without stopping to see what it was, she flew to it with a loud whirr, and dashing against the signboard, jarred herself terribly. Having broken her wings, she fell to the ground, and was caught by a by-stander who said;

"Your zeal should not out run your caution."

 숙어 및 단어

without stopping to; 멈추다, ~할 짬도 없다.
dashing against; 충돌해서
jarred; 부딪쳤다.
by-stander; 구경꾼
zeal; 열심히

38. 목이 마른 비둘기

매우 목이 마른 비둘기가 간판 그림에 물이 들어있는 물잔이 그려 있는 것을 보았습니다.

그것이 무엇인지 잘 살펴보지도 않고 획 하는 큰소리를 내면서 날아가 그 그림에 충돌하여 몸을 몹시 부딪쳤습니다.

비둘기는 날개를 다쳐 땅에 떨어져서 한 구경꾼에게 잡혔는 데 그 사람은 말하였습니다.

"아무리 열중하더라도 조심할 것을 게을리해서는 안 된다."

39. THE SWALLOW AND THE CROW

The Swallow and the Crow were once contending about their plumage. The Crow finally put an end to the dispute by saying, "Your feathers are well enough now white it is warm, but mine protect me against the winter."

39. 제비와 까마귀

제비와 까마귀가 어느 날 자기들이 겉털을 가지고 싸웠습니다. 까마귀는 결국 이렇게 말하고 말다툼을 끝내고 말았습니다. "너의 겉털은 지금 같이 따뜻할 때는 좋은 것이다. 그러나 내 것은 겨울에 내 몸을 보호해 준다."

40. THE MISER

A Miser had a jump of gold, which he buried in the gro-
und, coming to the spot every day to look at it.

Finding one day that it was stolen, he began to tear his
hair, and loudy lament. A neighbor, seeing him, said, "Pray
do not grieve so bury a stone in the hole, and fancy it is the
gold. It will serve you just as well, for when the gold was
there you made no use of it."

 숙어 및 단어

miser; 구두쇠, 욕심꾸러기
tear his hair; 고민하다.
grieve; 가슴 아파하다.
fancy; 상상하다.
made no use of; 쓰지 않았다.

40. 욕심 많은 사람

한 인색한 사람이 한 덩어리의 금을 가지고 있었는 데 그것을 땅속에 묻고 매일같이 그 장소에 가서 보곤 하였습니다.

어느 날 그 금덩어리를 도둑맞은 것을 알고 그는 머리털을 쥐어 뜯으며 울면서 고민하였습니다. 한 이웃 사람이 그를 보고 말하였습니다. "그처럼 슬퍼하지 마세요. 그 구멍에 돌을 파묻고 금이라고 생각하시오 그러면 그것은 황금과 같이 생각이 될 것입니다. 당신은 그 금덩어리도 사용하지 않으니까 말입니다."

41. THE HARE AND THE HOUND

A Hound, having started a Hare which proved to be a capital runner, at length gave up the chase. His master, seeing it, said,

"The little one is the best runner, eh?"

"Ah, master," answered the Dog."

"It's all very well to laugh; but you do not see the difference between us. He was running for his life, while I was only running for my dinner."

 숙어 및 단어

started; 몰아냈다.
eh; 응. 그런가.
all very well to; ~해도 좋으나
difference; 차이점
for his life; 목숨을 살리려고

136

41. 산토끼와 사냥개

한 사냥개가 한 산토끼를 몰아 냈는데 그 산토끼는 걸음이 빠르므로 마침내 추격을 단념하였습니다.

사냥개 주인이 이것을 보고 말하였습니다.

"작은 놈이 걸음이 빠르단 말야 응?"

"아! 주인도" 하고 개가 말했습니다.

"비웃는 것도 좋으시지만 당신은 우리들의 차이점을 모르시는 군요. 산토끼놈은 목숨을 걸고 뛰었으며 나는 단지 저녁 한 끼를 걸고 쫓았던 것이니까요."

후다닥~~~

42. THE OX AND THE FROG

An Ox, drinking at a pool, chanced to set his foot on a young Frog, and crushed him to death.

His brothers, and sisters, who were playing near, ran at once to tell their mother what had happned. "A very huge beast, with four great feet, came to the pool, and crushed him to death in an instant, with his hard, cloven heel." The old Frog was very vain. She was rather large, as Frogs go, and gave herself airs on account of it.

"Was the cruel beast so very large?" she said. "How big?" "Oh!" said the young Frogs. "It was a monster!"

"Was it as big as this?" she said, blowing and puffing herself out. "Oh, much bigger," replied the young Frogs.

"As big as this, then?" she added, puffing and blowing with all her might.

"A great deal bigger," they answered.

"Well, was it so big?"

"Oh, mother!" cried the Frogs; "pray do not try to be as big. If you were to puff till you burst, you could not make yourself half as big as the creature we tell you of."

But the silly old Frog would not give up. She tried again to puff herself out, saying, "As big as but she did indeed burst.

* It is useless to attempt what is impossible.

42. 황소와 개구리

한 황소가 웅덩이에서 물을 마시다가 우연히 새끼 개구리를 밟아 죽였습니다.

그 근처에서 그 새끼 개구리 형제 자매들이 놀다가 곧 그 어머니에게 이 사실을 알리려 달려갔습니다. "크고 네 발을 가진 아주 거대한 짐승이 웅덩이에 와서 굵고 갈라진 발굽으로 금새 그 애를 밟아 죽였습니다."

그 어머니 개구리는 대단히 허영심이 컸습니다. 그리고 개구리 치고는 대단히 큰 편이었습니다.

그 때문에 성내었습니다. "그 잔인한 짐승이 얼마나 크더냐?" 하고 어머니 개구리가 물었습니다.

"얼마나 큰 것인데? 아이구," 새끼 개구리는 말하였다.

"그건 괴물이었어요."

"이 만큼이나 크더냐?" 하고 어미 개구리가 자기의 배를 뚱뚱히 불리면서 말하였습니다. "그게 다 뭐요!" 하고 새끼 개구리는 말하였습니다.

"응 그렇게 크더냐?"

"아이 어머니도," 하고 새끼 개구리는 외쳤다. "좀 그만 두세요."

"가령 엄마의 배를 터지도록 불려 봤자 우리들이 말한 그 동물의 절반 만큼도 커질 수 없으니까요!" 그러나 미련한 늙은 개구리는 도저히 단념하지 않고 또 다시 "이 만큼 크더냐?" 하면서 배를

 (ABSOP'S FABLES)

숙어 및 단어

set his foot on; 그를 밟다.

cloven; 찢어진

so very = very very.

monster; 대단히 큰 것

blow-puff; 불다.

a great deal = very much.

half as big as; 절반 만큼 크다.

불리려 하다가 배가 터져 죽어 버렸습니다.

    * 불가능한 일을 해보려는 것은 쓸데 없는 짓입니다.

43. THE WOLF AND THE SHEPHERDS

A Wolf passing by, saw some Shepherds in a hut, eating for their dinner a haunch ofmutton. Approching them he said, "Ah! gentlemen you are feasting on mutton. I like your taste. But what a hue and cry you would raise if I were to do it."

* We should not condemn others for what we ourselves do.

 숙어 및 단어

feasting on; ~을 먹다.
I like your taste; 당신의 취미를 나도 즐기다.
hue and cry; 야단법석
ondemn = blame

43. 늑대와 양치는 사람

한 마리의 늑대가 지나가면서 몇 사람의 양치는 사람들이 움집에서 점심으로 양의 다리 고기를 먹고 있는 것을 보았습니다. 늑대는 그들에게 가까이 가서 말했습니다. "아! 여러분, 양고기를 잡숫고 계시군요. 나도 여러분이 잡수시는 것을 좋아합니다. 그러나 내가 만일 양을 잡아 먹었다면 당신들은 얼마나 소리치며 야단을 하실까요?"

* 우리 자신이 하는 것을 가지고 남을 비난하지 말라.

44. THE BOY AND THE NETTLE

A Boy was once stung by a Nettle. Crying with pain, he ran home and told his mother, saying, "Although it pains me so much, I did but touch it ever so gently for I had been hurt by it before." "That was just it," said his mother. "It was that which gave you bad a sting. The next time you have occasion to touch a Nettle, grasp it boldly, with courage and resolution. It will be as soft as silk in your hand and will not hurt you in the least. And will meet with many things, as well as persons. that must be handled in the same way, if you would escape discomfort from them."

 숙어 및 단어

it pains me = it gives me great pain.
did but = only touched.
ever so gently = very genlty.
as well as; ~는 물론이고
from them = arising from them

44. 소년과 쐐기풀

한 소년이 어느 날 쐐기풀에 찔렸습니다. 아파서 울면서 집으로 달려가 어머니께 말하였습니다.

"전에도 찔린 경험이 있어서 살짝 대어보았더니 이렇게 아파요!"

"그렇게 하면 아프게 되는 거야." 하고 어머니는 말씀하였습니다. 그러니까 너는 그렇게 몹시 찔린거야, 다음에 쐐기풀을 만져야 할 경우에 용기를 내어 대담히 잡아 보아라. 그러면 쐐기풀은 명주같이 부드럽게 조금도 아프지 않다. 만일 네가 그 때문에 생기는 불유쾌감을 면하려고 생각하거던, 쐐기풀과 같은 방법으로 처치하지 않으면 안 될 것이며, 사람은 물론이고 그와 같은 많은 사건에 부딪치게 될 것이다.

45. THE CAT AND THE FOX

The Cat and the Fox were once talking together in the middle of the forest.

"I do not care what happens," said the Fox, "for I have a thousand tricks, any one of which would get me out of difficulty. But pray, Mrs. Puss," he added, "what would you do if there should be an invasion?"

"I have but one course," Puss replied "If that would not serve me, I should be undone."

"I am sorry for you," said the Fox. "I would gladly teach you one or two of my tricks, but it is not good to trust. We must each take care for ourselves."

These world were hardly spoken, when a pack of hounds came upon them in full cry.

The cat, by her one quick and well-proved safe guard, ran up a tree, and sat serenely among the branches.

The Fox, with all his thousand tricks, had not been able to get out of sight, and a prey to the dogs.

* Safety does not always lie in numbers.

 숙어 및 단어

course; 수단   undone =ruined; 멸망
hardly ~when = no sooner than.
came upon; 습격했다.
with all; 불구하고   get out of sigh; 숨기다.

45. 고양이와 여우

어느 날 고양이와 여우가 숲속에서 함께 이야기하고 있었습니다. "무슨 일이 생겨도 나는 괜찮어." 하고 여우가 말하였습니다.

"왜냐하면 나는 여러 가지 많은 계략이 있어서 그 중에 한 가지 만으로도 어려운 난관을 돌파할 수가 있으니까. 그런데 여보 고양이씨." 하고 여우가 말을 계속하였습니다. "만일 적이 쳐들어 온다면 당신은 어떻게 할 것입니까?"

"나는 오직 하나밖에 수단이 없습니다." 하고 고양이가 말하였습니다. "만일 그 수단을 사용할 수 없다면 나는 절망입니다."

"그것 참 가엾은 일입니다." 하고 여우가 말하였습니다. "나는 즐겁게 한두 가지 계략을 당신에게 가르쳐 드립니다만 그렇다고 그것을 너무 믿는 것은 좋지 않습니다. 우리들은 제각기 조심하지 않으면 안 됩니다."

이런 말이 입밖에 떨어지자마자 사냥개 한 떼가 마구 짖으며 습격해 왔습니다. 고양이는 자기의 유일한 재빠르고 신통한 호신책으로 나무에 올라가서 가지속에 태연하게 앉아 있었습니다. 여우는 모든 재주가 여러 가지 있었지만은 도망하여 숨을 수가 없어서 개의 밥이 되고 말았습니다.

* 안전은 언제나 수효에 달린 것은 아니다.

46. THE MONKEY AND THE CAT

A Monkey and a Cat lived in the same family, and it was hard to tell which was the greater thief.

One day, as they were roaming together, they spied some chestnuts roasting in the ashes of a fire.

"Come," said the cunning Monkey, "we shall not go dinnerless today. Your claws are better than mine for the purpose; pull the chestnuts out of the ashes, and you shall have half."

Puss pulled them out, burning her paws very much in doing so. When she had stolen every one she turned to the Monkey for her share of the booty; but, to her chagrin, she found no chestnuts, for he had, eaten them all.

* A thief can not be trusted even by another thief.

 숙어 및 단어

hard to tell; 말하기 어렵다.
thief; 도둑놈   roaming; 배회하다.
roasting; 굽다.   you shall have = I will give you.
chagrin; 억울하다, 남을 악용하는 것.
to make a cat's paw of one; ～이라고 하는 것은 이 격언에서 나
온 말
can not to be = can not be ～to be 는 옛말

46. 원숭이와 고양이

원숭이와 고양이가 한 가정에서 살고 있었는 데 어느 것이 큰 도둑인지 알기가 어려울 정도였습니다. 어느 날 그들이 함께 돌아다니다가 화롯불의 잿속에 밤이 타고 있는 것을 알아내었습니다.

"이것봐" 하고 간사한 원숭이가 말했습니다. "우리들은 오늘 점심 걱정은 없다. 너의 발톱이 내것 보다는 적당하니 저 화로불의 잿속에서 밤을 헤쳐 꺼내보아라. 그러면 절반은 너에게 주마" 하고 원숭이가 말하였습니다.

고양이는 밤을 끌어 내었으나 앞발을 몹시 데었습니다. 그리고 밤을 모조리 훔친 후 원숭이를 향하여 전리품의 몫을 청구하였으나 억울하게도 밤은 벌써 원숭이가 다 먹어버리고 하나도 남아 있지 않았습니다.

* 도둑은 같은 도둑에게 신용을 못받는다.

앗!! 뜨거

47. THE FOX WHO HAD LOST HIS TAIL

A Fox was once caught in a trap by his tail. He succeeded in getting away, but was forced to leave his "brush" behind. He soon realized that his life would be a burden, from the shame and ridicule to which his tailless conditon would expose him.

So he set, abou to induce all the other Foxes to part with theirs. At the next assembly he boldly made a speech in which he set forth the advantages of his present state.

"The tail," he said "is no real part of our persons, and beside being very ugly to see, it is a dead weight hung upon us. I have never walked about with such ease as since I gave up my own."

When he had ended his speech, a sly old Fox arose, and giving his own brush a graceful wave, said, with the kind of sneer which the Foxes know so well how to execute, that if he had lost by accident his won tail, he should, without doubt, agree with his friend; but that until such a mishap should retain his own, and should advise the others to do the same. And the vote to retain the tails was given by a wave of the brush. Yet many fashions have been set by Foxes who have met with some such accident.

47. 꼬리 잃은 여우

한 여우가 어느 날 그 꼬리가 덫에 걸렸다. 그가 빠져 나가는 데는 성공하였으나 그의 꼬리는 잘라져 뒤에 남겨 둘 수 밖에 없었다. 그는 얼마 안 되어 자기의 일생은 꼬리 없는 신세가 수치와 조롱으로 말미암아 괴로운 점이 되리라고 깨달았다. 그래서 모든 다른 여우들에게 꼬리를 자르도록 권유하기 시작하였다.

다음 모임에서 그는 대담하게도 연설을 하며 자기의 현재 상태의 여러 가지 유리한 점을 들어서 말하였다.

"대체 꼬리란 것은," 하고 여우가 말하였다. "실상은 우리들의 몸둥이에 없어서는 안 될 물건은 아니란 말이요. 그리고 보기에도 대단히 추할 뿐더러 우리들 몸에 쓸데 없는 무거운 짐이 되는 것이요. 나는 나의 꼬리를 버린 오늘날처럼 몸 가볍게 활동한 것은 일찌기 없었소."

그의 연설이 끝나자 한 교활한 늙은 여우가 일어서서 자기의 꼬리를 한 번 부드럽게 흔들고 여우들의 할 줄 아는 일종의 조롱하는 어조로, "만일 내가 불의의 봉변으로 꼬리를 잃었더라면 물론 동무의 의견을 찬성하겠으나, 그러한 불행한 일이 일어나지 않은한, 나는 꼬리를 보존해 두겠소, 여러분도 그렇게 해주기를 바랍니다." 하고 말하였다. 그래서 꼬리를 보존한다는 결의가 꼬리를 흔드는 것을 통과하였다. 이제까지 예로부터 대개의 유행이란 비슷한 봉변을 당한 여우들에 의하여 시작되게 되었다.

succeeded; 성공하다.

tail = brush; 꼬리

realized; 깨닫다.

set about; 착수하다.

induce; 권하다, 지키다.

part with; 포기하다.

advantages; 이익, 이득

dead weight = useless weight; 쓸데 없는 무게

arose = arise = rise.

mishap; 불행

the vote was given; 투표하였다.

fashions; 유행

48. THE BOY AND THE FILBERTS

A Boy once thrust his hand into a pitcher nearly filled with Filberts. He grasped as his hand could possibly hold; but when he tried to draw out his closed fist, the narrowness of the neck prevented him from doing so. Unwilling to lose his nuts, yet unable to get them by drawing out his hand, he burst into tears, and bitterly lamented his hard fortune. A person standing by finally gave him this wise and reasonable advice;

"Be satisfied to take half as many, my boy, and you will get them easily."

 숙어 및 단어

filled with; ～가 차 있다.
prevent from; ～를 못하게 하다.
finally = at last; 드디어
reasonable; 도리 있는
half as many～as you hold; 갖고 있는 절반만

48. 어린아이와 가얌

한 소년이 어느 날 가얌이 가득찬 병속에 한 손을 밀어 넣었다. 그는 자기손으로 쥘 수 있을만큼 가얌을 잔뜩 움켜쥐었다. 그러나 그 쥔 주먹을 빼내려 하였을 때 그 병의 주둥이가 좁아서 빼지를 못했다. 가얌을 버리기는 싫고 쥔채로 손을 뺄 수가 없어서 그는 아앙하고 울기 시작하였다.

그리고 자기의 불운을 몹시 탄식했다.

옆에 서 있던 한 사람이 결국 이러한 현명하고 합리적인 충고를 그에게 했다.

"야! 반쯤 가짐으로 만족해보렴, 그러면 네가 쉽게 꺼내어 가지게 될 것이다."

49. THE FAWN AND HIS MOTHER

A Young Fawn once said to his Mother, "I do not see, Mother, how it is that you should be so afraid of the Dogs, You are larger than a dog, and swifter; and you are much more used to running. Why is it that the mere mention of a hound puts you into such a terrible fright?"

The Mother smiled upon her brave young son. "I know very well," she said, "that all you say is true. I look at my long legs, and remember all the advantages that you mention; yet when I hear the bark of, but a single dog, I faint with terror."

*No argument will give courage to the timid.

 숙어 및 단어

how is it that you should; 도리가 없다.
the mere mention = the only saying; 말만해도
smiled upon; 호의로
laughed at; 악의로 냉대하다.
he timid; 겁쟁이들

49. 새끼 사슴과 어미 사슴

어린 새끼 사슴이 어느 날 어미 사슴에게 말했습니다.

"엄마! 엄마는 왜 개를 무서워 하는 모르겠어요. 엄마는 개 보다 더 크고 더 빠르고 게다가 뛰기에도 더 숙련되어 있는데, 사냥개란 말만 들으셔도 몹시 무서워 하시는 건 웬일입니까?"

어미 사슴은 용감한 자기 새끼를 보고 생끗 웃었습니다. 그리고 "나는 잘 알고 있다." 하고 어미 사슴은 말했습니다. "너의 말이 옳은 것이다. 네가 나의 긴 다리를 보고 말한 모든 장점은 알기는 알았지만은 그러나 단 한 마리 개의 짖는 소리만 들어도 나는 무서워서 힘이 빠지는 구나."

* 겁쟁이에게는 어떠한 논증도 용기를 주지 못한다.

50. THE JACKDAW AND THE SHEEP

A Jackdaw sat chattering upon the back of a sheep, "Peace, I pray you, noisy bird," said the Sheep. "You are wearing my life out. If I were dog, you would not think of serving me so." "That is true," replied the Jackdaw; "you are right. I never meddle with the surly and revengeful, but I love to plague gentle, helpless creatures like you, that can not do me any harm in return."

 숙어 및 단어

wearing my life out = wearing me to death.
meddle with; 손을 대다.
plague; 괴롭히다.

50. 갈가마귀와 양

한 갈가마귀가 양의 등 뒤에 앉아서 노래를 부르고 있었습니다.

"제발 조용히 해주시오, 시끄러운 새여" 하고 양이 말하였습니다. "너는 나의 생활을 어지럽힌다. 만일 내가 개였더라면 너는 나에게 이렇게 할 생각도 못할 것이다." "그야 물론이지." 하고 갈가마귀가 대답하였습니다. "네 말이 지당하다… 나는 성미가 나쁘고 복수심이 깊은 놈들은 상대를 하지 않는다. 그러나 너같이 아무런 복수도 못하고 얌전한 짐승을 괴롭히기를 좋아한다."

51. THE WOMAN AND HER HEN

A Woman had a Hen that laid an egg every day. The eggs were lerge, and sold for a good price. The Woman often thought, as she took them to market; "How glad they all are to get my eggs. I could sell as many more just as easily." It began to look a small thing to get but a single egg each day. "If I were to give a double allowance of barely, the Hen might be made to lay two eggs a day instead of one." She said. So she doubled the food, and the Hen grew very fat and sleek; but she stopped laying altogether.

 숙어 및 단어

allowance; 지급, 배급
instead of = in place of
might be made to = might come to
altogether; 전혀, 아주

51. 여자와 암탉

한 여자가 암탉을 한 마리 치고 있었는 데 매일 한 개씩 알을 낳았습니다. 그 알은 커서 비싼 값으로 팔리었습니다. 그 여자는 알을 시장에 가지고 가면서 가끔 생각을 하였습니다. "모두들 내 알을 사기를 좋아하거든, 이러면 두 배나 있어도 지금과 다름없이 팔리게 될 것이다."

하루에 단 한 개씩 알을 낳는 것을 시원치 않게 생각하기 시작했다. "가령, 배만큼 모이를 준다면 암탉은 하루에 한 개 대신 두 개의 알을 낳게 할 수 있을지도 모른다." 하고 여인은 말하였습니다. 그래서 모이를 배로 늘여 주니까 암탉은 매우 살찌고 광택이 좋아졌으나 전혀 알을 낳지 않게 되었습니다.

52. HERCULES AND THE WAGONER

As a Wagoner drove his wagon through a miry lane, the wheels stuck fast in the clay, so that the horses could proceed no further. The man, without making the least effort to remedy the matter, fell upon his knees, and began to call upon Hercules to come and help him out of his trouble. "Lazy fellow," said Hercules, "lay your own shoulder to the wheel. Stir yourself, and do what you can. Then, if you want aid from me, you shall have it. Remember the proverb, Heaven helps those who help themselves."

 숙어 및 단어

drove; 몰았다.
no further; 그만큼 ~할 수 없다.
proceed; 전진하다.
stir yourself; 분발하라.

52. 헤라클레스와 마차꾼

한 마차꾼이 진흙 깊은 좁은 길에 짐실은 마차를 몰고 가는데 바퀴가 진흙에 붙어서 말은 한 걸음도 더 나갈 수가 없었습니다.

그런데 마차꾼은 그 사고를 제거하기 위하여 노력할 생각은 꿈에도 아니하고 무릎을 꿇고 헤라클레스신에게 기도를 올리기 시작하였습니다. "게으른 놈 같으니." 하고 헤라클레스신이 말하였습니다. "네가 어깨를 바퀴에 대어서 힘껏 밀어 봐라, 그래도 만일 나의 원조가 필요하다면 도와 주마. 그리고 하나님은 그 사람 자신이 노력하는 자를 도와 주신다는 속담을 잊어서는 안 된다."

53. THE MULES AND THE ROBBERS

Two Mules, laden with packs, were trudging along the highway. One carried panniers filled with money, the other sacks of grain. The Mule that carried the treasure walked with head erect and stately step, jingling the bells about his neck as he went.

His companion followed at a quiet, easy pace.

Suddenly a band of Robbers sprang upon them, attracted by the strong, proud step and the jingling bells. The Mule that carried the gold made so great an ado that the Robbers seized his pack, wounding him with their weapons, and, bearing footsteps, fled.

"I am glad," said the others "that I was thought of so little consequence, for I have lost nothing, nor am I hurt with any wound."

* The conspicuous run the greatest risk.

 숙어 및 단어

treasure = money
with head erect; 머리를 들고
attracted; 끌어붙였다, 유인했다.
made an ado; 꾸짖다, 야단치다.
weapons; 무기
the conspicuous; 현저한 사람들

53. 노새와 도둑

두 마리의 노새가 짐을 싣고 신작로를 뚜벅뚜벅 걸어가고 있었습니다. 한 마리는 돈이 잔뜩 든 꾸러미를 싣고 또 한 마리는 보리가 든 자루를 실었습니다. 보화를 실은 노새는 머리를 들고 당당한 걸음으로 뽐내고 걸어갑니다. 그의 동무 노새는 가벼운 걸음으로 조용히 따라갑니다.

별안간 한 떼의 도둑이 그들을 습격하였습니다.

그러자 보배를 실은 노새가 야단을 친 때문에 도둑은 무기로 노새를 상하게 하고 보화를 빼앗은 후 사람의 발자국 소리를 듣고 도망을 하여 버렸습니다.

"나는 기쁘다." 하고 다른 노새가 말을 하였습니다.

"나는 대단하지 않은 존재로 깔보인 것이기 때문에 아무것도 잃지 않았고 상처도 안났으니까?"

* 뛰어난 이가 가장 큰 위험을 당한다.

54. THE ASS AND HIS SHADOW

One very hot day a Traveler hired an Ass, with his driver, to carry some merchandise to a distant place. The way lay across a sandy plain, and the day being intensely hot, the Traveler called upon the driver to stop for rest. To escape from the direct heat of the sun, which was shining in all its strength, the Traveler proceeded to sit down in the shadow of the Ass.

But a violent dispute arose, for the shadow was sufficint for but one, and the driver, a lusty fellow, rudely pushed the Traveler on side claiming the spot for himself, saying. "When you hired this Ass of me, you said nothing about the shadow. If now you want that, too, you must pay for it." And in disputing about the shadow they lost the substance, for the Ass ran away.

 숙어 및 단어

the day being = as the day was.
intensely = hard.
in all its strength; 힘을 다하여
proceeded to = was going to
help him out of; 그로부터 구해내다.
drag myself along; 자기 몸을 끌고 다니다.

54. 나귀와 그림자

어느 날 대단히 무더운 날에 나그네가 상품을 먼 곳으로 나르기 위하여 나귀를 그의 마부와 함께 빌렸습니다. 길은 모래사장으로 통하여 있고 날씨는 몹시 더운 때문에 나그네는 걸음을 멈추고 쉬라고 마부에게 말하였습니다. 그리고 쨍쨍 쬐이는 태양의 직사를 하기 위해 나그네는 나귀의 그늘에 앉으려고 하였습니다. 그러자 맹렬한 언쟁이 일어났습니다. 왜냐하면 나귀 그늘에는 한 사람밖에 들어가지 못하니까 말입니다.

그래서 힘이 센 마부는 자기의 장소라고 주장하면서 나그네를 난폭하게 옆으로 떠밀고 말았습니다. "당신이 나귀를 빌릴 때는 나에게 그림자에 대해서는 아무 이야기도 없지 않았는가. 만일 당신이 그 그림자가 필요하다면 그림자 값을 내지 않으면 안 되오." 그렇게 그림자 때문에 다투는 동안, 그들은 짐을 잃어 버렸습니다. 왜냐하면 그 동안에 나귀는 달아나고 말았기 때문입니다.

55. THE CRAB AND ITS MOTHER

"My child," said a Crab to her son, "why do you walked so awkwardly? If you wish to make good appearance, you should go straight forward, and not in that one-sided manner." "I do wish to make a good appearance, mamma," said the young Crab; "and if you will show me how, I will try to walk straight forward." "Why, this is the way, of course," said the mother, as she started off to the right. "No, this is the way," said she, as she made another attempt to the left. The litte Crab smiled.

"When you learn to do it yourself, you can teach me," he said, and he went back to his play.

* Example is better than precept.

 숙어 및 단어

awkwardly; 보기 싫게
I do wish = I wish very much
went back to play; 또 놀기 시작했다.
Example; 실례

55. 새끼 게와 어미 게

어미 게가 새끼 게에게 말하였다. "아가, 너는 왜 남보기 모양 없게 걷는거냐? 보기 좋게 걷고 싶거든 똑바로 걸음을 걸어야 해. 그렇게 옆으로 걸어서는 안 된다."

"모양을 내고 싶어요, 어머니!" 하고 새끼 게가 말하였다.

"그러니 엄마가 배워 주시면 똑바로 걸어 보겠습니다."

"그야 물론 이렇게 하지." 어머니는 바른 편에 걸어 나가면서 말했다. "아니 이렇게 하는 것이지" 하고 이번에는 왼편으로 걸어 가면서 말하였다. 새끼 게는 방긋이 웃으며

"어머니 자신이 그것을 똑바로 배워 놓고, 나를 가르칠 수 있지요." 하고 다시 놀러 가버렸다.

* 모범이 훈시보다 낫다.

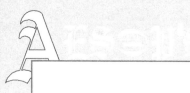

56. THE MOUSE, THE CAT AND THE COCK

A Young Mouse, that had not seen much of the world, came home one day and said; "Oh mother! I have had such a fright! I saw a great creature strutting about on two legs. I wonder what it was! On his head was a red cap. His eyes were fierce and stared at me, and he had a sharp mouth.

"All at once he stretched his long neck, and opened his mouth so wide, and roared so loud, that I thought he was going to eat me up, and I am home as fast as I could. I was sorry that I met him, for I had just seen a lovely animal, greater even than he, and would have made friends with her. She had soft fur like ours, only it was gray and white, Her eyes were mild and sleepy, and she looked at me very gently, and waved her long tail from side to side. I thought she wished to speak to me, and I would have gone near her, but that dreadful thing began to roar, and I ran away.

"My dear child," said the mother, "you did well to run away. The fierce thing you speak of would have done you no harm. It was a harmless Cock. But that soft, pretty thing was the Cat, and she would have eaten you up in a minute, for she is the worst enemy you have in the whole world."

56. 생쥐와 고양이와 수탉

그다지 세상을 보지 못한 어린 쥐가 어느 날 밖에서 돌아와서 말하였다. "아이! 엄마, 나는 깜짝 놀랐어요! 커다란 동물이 발로 뻐기고 걸어가는 것을 보았어요. 도대체 그것이 무엇일까요. 머리에는 빨간 모자를 쓰고 사나운 눈을 가지고 나를 노려 보았어요. 그리고 입은 뾰족해요."

갑자기 그것이 긴 목을 내밀고 입을 크게 벌리고 큰 소리를 내었어요. 그래서 그것이 나를 잡아 먹으려는 줄 알고 부지런히 도망해 왔어요. 나는 그것과 만나는 것이 유감이예요. 왜냐하면 나는 마침 그때 그보다 더 큰 예쁜 짐승과 만나서 동무를 맺으려던 참이었으니까요. 그 예쁜 짐승은 우리들과 같이 많은 털이 났으나 단지 회색과 갈색이 섞였을 뿐이에요."

"그 눈은 순하고도 졸린 것 같고요. 그 눈으로 나를 정답게 바라보며 긴 꼬리를 좌우로 흔들고 있었어요. 그래서 나는 그이가 나하고 이야기를 하고 싶어 하는 줄 알고 그 옆으로 가려는데 그 무서운 짐승이 울기 시작한 때문에 도망하고 말았어요."

"아가," 어미 쥐가 말했습니다. "도망와서 다행이다. 네가 말하는 그 무서운 놈은 너에게 아무 해를 끼치지 아니할 것이다. 그것은 조금도 무서울 것이 없는 수탉이다. 그러나 그 온순하고 아름다운 것은 고양이다. 그놈이 너를 순식간에 잡아 먹을 것이다. 그것은 세상에서 가장 무서운 너의 원수니까 말이다."

숙어 및 단어

had not seen much of the world = (seen = known.) he has seen much of the world; 세상 물정을 많이 안다.

strutting about = walking about

all at once = suddenly; 돌연, 별안간

greater even than he; 그이보다 더 크다.

from side to side; 좌우로

dreadful; 무서운

did well to run away; 도망한 것은 좋은 일, 잘 하였다.

57. THE ASS AND THE LAP DOG

There was once a man who had an Ass and a little pet Dog. The Ass worked all day in the fields, and slept in the barn at night. But the Lap Dog frisked about and played, jumping in his master's lap whenever he pleased, feeding from his hand, and sleeping by his bed at night. The Ass grumbled a great deal at this. "How hard I work," said he, "and never get any pay but blows and hard words. Why should I not be petted like that wretched little Dog? Perhaps if I played with my master as he does, I, too, might be treated like him,"

So the Ass went into the house, and jumped up on his master's knee, putting his forefeet on his shoulders, and giving a loud bray. The master, almost made deaf by the noise, and half smothered by the great clumsy Ass, called out, "Help!" and the servants, running in, drove the Ass out of doors with sticks and stones,

 숙어 및 단어

pet = favourite; 사랑하는 것
grumbled; 불평을 말하다.
hard words; 욕설
wretched; 불쌍한
made deap; 귀가 들리지 않았다.
smothered; 질식하다.

57. 나귀와 애완견

옛날에 한 사람이 나귀와 작고 귀여운 강아지를 기르고 있었다. 나귀는 종일 밭에서 일하고 밤에는 외양간에서 잤다. 그러나 강아지는 뛰어 돌아다니며 놀고 언제나 주인 무릎에 뛰어 들어 주인의 손에서 음식을 받아 먹고 밤에는 주인의 침대 옆에서 잤다. 나귀는 이것을 보고 매우 불평을 하였다.

"나는 열심히 일하고 있는데." 하고 나귀는 말하였다. "얻어맞거나 욕을 먹는 것 밖에는 아무 보수도 없거든, 나 역시 저 하찮은 강아지처럼 귀여움을 못받는단 말인가? 아마 내가 강아지처럼 주인하고 희롱을 한다면 나도 역시 그처럼 귀여움을 받을지도 모르는 일이다." 그래서 나귀는 집에 가서 주인의 어깨에 앞발을 걸치고 크게 한번 울어 제쳤다.

주인은 그의 큰 소리 때문에 벙어리가 되고 나귀의 커다란 못생긴 몸짓에 눌리어 반쯤 숨이 막히게 되어 "사람 살리우!" 하고 외쳤다. 그랬더니 하인들이 뛰어 들어와서 막대기와 돌멩이로 나귀를 문밖으로 몰아 쫓아 버렸다.

58. THE DOG AND THE HARE

A Dog once gave chase to a Hare Having not long since made a good meal, the Dog was not hungly, and so was not in haste to end the sport by killing the Hare. At times he would snap at his prey, and at times play with him, and lick him with his tongue, till at last the bewildred Hare cried. "Pray tell me, are you an enemy or a friend? If a friend, why do you bite me so? and if an enomy, why do you caressme?"

* We do not trust people who are neither the one thing
  nor the other

 숙어 및 단어

not long since = no long ago; 얼마 지나지 아니하여
be in haste to = be in burry to; 급히 ～하다.
would snap; 여러 번 달려들다.
caress; 껴안고, 어루만지고, 사랑하다.

58. 개와 산토끼

어느 날 개 한 마리가 산토끼 뒤를 쫓아갔다. 개는 식사한지 얼마 되지 않아 배가 부르기에 그다지 시장한 기가 없었다.

그래서 산토끼를 잡고 급히 사냥을 끝내려 들지 않았다.

개는 이따금 산토끼를 물어도 보고 또한 때로는 희롱도 하며 혀로 핥아보기 때문에 마침내 산토끼는 어리둥절하여 외쳤다. "좀 물어 봅시다. 당신은 나하고 원수입니까? 또는 동무입니까? 만일 내편이라면, 왜 그렇게 깨뭅니까? 그리고 원수라면, 왜 그렇게 나를 어루만집니까?

* 이것도 아니고 저것도 아닌 자들을 우리는 믿지 않는다.

59. THE HARES

In a forest, deep, shady, and still, there once lived a company of Hares. Whenever a leaf fell rustling to the ground, or a squirrel, jumping in the branches, broke a twig, the Hares started and trembled, they were so timid. One day there came great wind rushing through the tops of the trees with a roaring noise, and waving the branches back and forth.

It frightened the Hares so much that they all started together running as fast as they could to get out of the forest, which had been their home. "What a sad state is ours," they said, "never to eat in comfort, to sleep always in fear, to be startled by a shadow, and fly with beating heart at the rustling of the leaves. Better death, by far. Let us drown ourselves in yonder lake."

But when they came to the lake, it happened that there were scores of frogs sporting on the banks; who, when they heard the sound of footsteps jumped into the water.

The timid Hares were startled by the splash; but, as they saw the frogs dive to the bottom of the lake, a wise old Hare said, "Stop a moment! let us consider. Here are creatures that are more timid than we, —they are afraid even of us. It may not be as bad as we thought. Perhaps, we have been foolish, as foolish as the frogs, who are alarmed when there is no danger. Let us make the best of our lot, and try to be brave in it." So back they went again to the forest.

59. 산토끼

어느 날 깊숙한 그늘진 산림 속에 한 떼의 산토끼가 살고 있었습니다. 언제든지 나뭇잎이 바삭바삭 하고 떨어져도, 다람쥐가 나뭇가지에서 나뭇가지로 뛰다가 작은 나뭇가지 하나 꺾는 소리만 나도 그럴적 마다 산토끼들은 깜짝깜짝 놀래며 부들부들 떨고 있었습니다. 산토끼들은 그만치 겁쟁이였습니다.

어느 날 비바람이 일어나서 굉장한 소리를 내면서 나무 꼭대기를 불어 갈기면서 나뭇가지를 앞 뒤로 흔들었습니다. 그래서 산토끼들은 몹시 놀래서 지금까지 자기들 집이었던 그 숲을 떠나려고 될 수 있는 대로 빨리 달아나기 시작했습니다.

"비참한 우리들의 처지로구나!" 그들은 말을 하였습니다.

"한번도 마음 놓고 먹을 수가 없고 안심하고 자지 못하고 그림자에도 깜짝 놀라며 나무의 부스럭 소리에도 가슴을 두근거리고 도망치다니, 차라리 죽는편이 훨씬 낫겠다. 저기 있는 호수에 빠져 죽어버리자."

그러나 그들은 호수에 와 보니 마침 수 십 마리의 개구리들이 뚝위에서 놀고 있었습니다. 그 개구리들은 산토끼의 발자취 소리를 듣고 물 속에서 뛰어 들어갔습니다. 겁많은 산토끼들은 풍덩 풍덩 하는 소리에 깜짝 놀랬습니다.

그러나 개구리들이 호수 밑으로 잠수하는 것을 보았을 때에, 한 영리한 늙은 산토끼가 말했습니다. "가만이 있어, 좀 생각해 보자. 여기 우리들 보다 겁많은 동물이 있구나! 그들은 우리에게

a company of; 한 떼의, 한 무리의

squirrel; 다람쥐

back and forth; 앞뒤로

with beating; 가슴이 두근거리어

yonder lake; 저편 호수

sporting = playing

splash; 텀벙하는 물소리

let us consider = let us see

lot; 운명

make the best of; 이용하다.

도 무서워 하니 우리들의 처지는 우리가 생각하고 있는 만큼 비참한 것이 아닐지도 모른다. 아마 우리가 바보였지. 아무런 위험도 없는 깜짝 놀래는 개구리들처럼 어리석었다. 그러니까 우리들의 운명을 가장 잘 이해하고 그 운명대로 용감히 살아 나가기로 하자." 그래서 산토끼들은 다시 그 숲속으로 돌아갔습니다.

60. THE HAWK, THE KITE AND THE PIGEONS

The Pigeons, terrified by the frequent appearance of the Kite, called upon the Hawk to defend them. "You are the only bird of our acquaintance," they said, "that can protect us from our enemy. If you will take care of us, we shall feel safe." The Hawk at once consented, and took up his abode in the dove-coat. But when the Pigeons had let him come in, they found that he slew more of them in a single day than the Kite could possibly pounce upon in a whole year.

 * There is a proverb that tells us to avoid a remedy that
  is worse than the disease.

 숙어 및 단어

called upon ～to; ～하는 것을 부탁했다.
protect us from; 보호하다.
take care of; 조심하다.
slew = killed
suffering form; ～을 받고 있음.
other dangers than; 위험이 심하다.

60. 매와 솔개와 비둘기

비둘기들은 가끔 솔개가 나타나는 것이 무서워서 매에게 그들을 막아 달라고 부탁하였습니다. "당신은 우리들이 아는 새 중에 유일한 새입니다." 하고 비둘기들이 말했습니다.

"우리들의 적을 막아 줄 수 있는 새는 당신밖에 없습니다. 만일 당신이 우리들을 보호 해 주신다면 우리들은 안심하고 마음 든든할 것이요." 매는 곧 승락을 하였다. 그리고 비둘기집 속에 거처를 정했다. 그러나 비둘기들은 매를 들여놓고 보니 매는 단 하루 동안에 솔개가 일 년 동안에 죽이는 것보다 더 많이 비둘기들을 죽인다는 것을 알았습니다.

* 병보다도 더 나쁜 약은 피해야 한다는 격언이 있다.

61. THE WOLF AND THE CRANE

One day a Wolf, who was eating his dinner much too fast, swallowed a bone, which stuck in his throat, and pained him very much. He tried to get it out, but could not. Just then he saw a Crane passing by. "Dear friend," said he to the Crane, "there is a bone sticking in my throat. You have a good long neck; can't you reach down and pull it out? I will pay you well for it."

"I'll try," said the Crane. Then he put his head into the Wolf's mouth, between his sharp teeth, and reached down, and pulled out the bone.

"There!" said the Wolf, "I am glad it is out; I must be more careful another time." "If you will pay me, I will go now," said the Crane. "Pay you, indeed!" cried the Wolf, "Be thankful that I did not bite your head off when it was in my mouth. You ought to be content with it."

 숙어 및 단어

must too fast; 너무 빠르게
get it out; 뽑다, 밖으로 내다.
reach down; 아래에 쑥 넣어서
another tinme = next time; 다음에
ought to; 해야 한다.
be content with; ～로 만족하다.

61. 늑대와 학

어느 날 늑대가 너무 빨리 저녁을 먹다가 뼈를 삼켰습니다. 그랬더니 그 뼈가 목에 걸리어 몹시 아프게 되었습니다. 그는 그것을 빼내려고 애썼으나 뺄 수가 없었습니다. 마침 그때 학이 지나가는 것을 보았습니다. "여보 동무!" 하고 늑대가 말하였습니다. "내 목에 뼈가 걸리었는 데 자네 목은 길고 좋으니 그것을 내 목구멍에 넣어 뼈를 좀 빼어 내어 줄 수 있겠나? 그러면 너의 사례는 톡톡히 할 터이니." "어디 해봅시다." 하고 학이 말하였습니다. 학은 머리를 늑대의 입안 사나운 이빨 사이로 집어 넣고, 주둥이를 쑥 내밀어 뼈를 뽑아 내었습니다. "옳지 되었다." 하고 늑대가 말하였습니다. 뼈가 빠져서 시원하다. 다음부터 좀 더 주의해야 하는 것이다.

어렵지만은 "늑대씨 보수를 주면 저는 그만 가겠습니다." "무엇이 어째, 보수를 달라고?" 늑대가 욕을 퍼부었습니다. "너의 머리가 나의 입에 들어왔을 때 깨물어서 두 토막으로 내지 않은 것만을 고맙게 생각해라. 너는 그것으로 만족해야 되는 것이다."

62. THE STAG AT THE LAKE

A Stag, one hot day, came to drink from a clear lake, and stopped to look at his own image in the water. "How beautiful are my fine spreading horns!" he; said "How strong and graceful they are, branching from each side of my head! What a pity it is that my legs should be so thin and ugly!"

Just at this moment a lion came crashing through the forest, and made ready to spring upon him.

Away went the stag, and the legs that he had despised would soon have carried him out of danger; but when he came to the thick woods his beautiful antlers, of which he had been so vain, caught in the branches, and held him fast until the lion came up and seized him.

* Sometimes we are proud of what is of little use to us
  and forget to be thankful for the things that are our
  real help and strength.

 숙어 및 단어

drink from a clear lake; 맑은 호수의 물을 먹다.
image; 거울, 반사   thin; 가늘다.
ugly; 싫다, 흉하다.   spring upon; 달려들어 잡다.
out of danger; 위험 없는 데로
of which ~ vain; 그가 지금까지 자랑하던

62. 호숫가의 수사슴

어느 더운날 수사슴이 맑은 호수에 물을 마시러 와서 발을 멈추고 물속에 비친 자기 그림자를 보았습니다.

"나의 훌륭하게 벌어진 뿔은 참으로 아름답다." 하고 수사슴이 말하였습니다. "나뭇가지 처럼 머리 양쪽에서 돋아 나온것이 참 튼튼하고 아름답거든. 그런데 다리가 이렇게 가늘고 보기 싫은 것은 참 유감이다." 마침 이때에 한 사자가 숲속을 요란히 설레이면서 오더니 금시라도 수사슴에게 덤벼들 태세를 하였습니다.

수사슴은 도망치게 되었습니다. 그리고 그가 그의 가늘고 보기 싫어하던 다리의 덕택으로 잠시 후에 위험을 면할 수가 있었습니다.

그러나 수사슴은 나무가 무성한 숲속으로 왔을 때 그가 그 만큼 자랑하던 그의 아름다운 뿔이 나뭇가지에 걸려서 벗겨지지 않았습니다. 그러는 중에 사자가 와서 수사슴을 붙잡았습니다.

 * 가끔 우리는 우리에게 별로 쓸모 없는 것을 자랑하고 우리의
   참된 도움과 힘이 되는 것에 감사할 것을 잊는다.

63. THE ASS AND THE GRASSHOPPERS

An Ass, hearing some Grasshoppers chirping, was much pleased with the sound, and wished he could make such sweet music. "What sort of food do you eat," said he to the Grasshoppers, "that your voices are so charming?" The Grasshoppers replied, "We lived upon dew."

The Ass then decided that he, too, would live upon dew. And in a short time he died of hunger.

* people that try to do just a they see others do often find that they have been as foolish as this Ass.

 숙어 및 단어

hearing = when he heard.
was pleased with; ~가 마음에 들었다.
what sort of = what kind of; 어떠한
just as; 꼭 ~하는대로

63. 나귀와 베짱이

나귀가 베짱이의 울음 소리를 듣고 그의 목소리가 매우 마음에 들기 때문에 자기도 그의 아름다운 목소리를 낼 수 있었으면 좋겠다고 생각하였습니다. "너는 어떤 음식을 먹기에 너의 목소리가 그렇게 아름다우냐?" 하고 나귀가 물었습니다. 베짱이는 이렇게 대답하였습니다. "우리들은 이슬을 먹고 산다."

그래서 나귀는 자기도 이슬을 먹을 것을 결심하였습니다. 그 후 며칠 안 되어서 나귀는 굶어 죽었습니다.

* 남이 하는대로 할려고 덤벼드는 사람은 가끔 이 나귀와 같이 자기가 어리석었다는 것을 깨닫게 된다.

64. THE CROW AND THE PITCHER

A thirsty Crow spied a Pitcher, and flew to it to see if there was any water in it. When she looked in, she saw that there was water, but that it was so far from the top that she could not reach it, though she stretched her neck as far as she could. She stopped, and thought to herself, "How shall I get that water? I need it, and there must be some way." Just then she saw some pebbles lying on the ground; and, picking them up in her beak, she dropped them one by one into the pitcher. They sank to the bottom; and at last the water was pushed up by them to the top so that the Crow could easily drink it.

"Where there's a will, there's way," said the Crow.

 숙어 및 단어

looked in = looked into the pitcher
thought to herself; 혼자 생각했다.
my dear child = my dear readers
wits; 지혜

64. 까마귀와 물병

목이 마른 까마귀가 물병을 발견하고 그 속에 물이 들어 있나 하고 날아갔다. 물은 들어 있어도 훨씬 밑바닥 멀리 떨어져 있어서 아무리 목을 늘여도 물에 닿지 않음을 깨닫고 까마귀는 날아가지 않고 혼자 생각하였습니다. "어떻게 하면 저것을 먹을 수가 있을까? 물이 꼭 필요한데, 무슨 방법이 있을까" 마침 그때 까마귀는 땅에 떨어져 있는 돌멩이를 발견하였습니다.

그래서 그는 주둥이로 그 돌을 물어 올려서 한 개씩 물병 속에 집어 넣었습니다. 돌멩이들은 물 밑 바닥에 쌓이게 되었습니다.

그리하여 그 돌멩이 때문에 병 주둥이까지 물이 올라와서 까마귀는 쉽게 물을 마실 수 있었습니다.

"뜻이 있는 곳에 방법이 있다." 하고 까마귀는 말하였습니다.

65. THE FOX AND THE STORK

The Fox invited the Stork to dinner, and provided nothing but a soup, which he served on a wide shallow dish.

He presided at the feast with great dignity, and, as if to set his friend an example, proceeded to lap the soup. This he could do with the greatest ease; but the Stork, who could only dip the tip of his bill in the dish, fared badly. He praised the dinner, however, and soon took leave, saying to his friend that he should do himself the honor to return the compliment.

This he did in a few days, but ordered that nothing be brought to the table but some minced meat in a glass jar, the neck of which was so narrow and deep that, though he himself could eat very well, the Fox could only lick the brim for the bits that clung to it.

Reynard could not conceal his vexation, but was obiged to own that he had been rightly served.

＊ They who practise cunning must expect to suffer by it, and he laughs best who laughs last.

 숙어 및 단어

invited; 초청하다. nothing but = only shallow; 얕은
at the feast; 연회석에서 fared badly; 곤란하다.
took leave; 작별했다. practise; 실행하다.
suffer; 고통을 당하다. laughs last; 최후에 웃었다.

65. 여우와 황새

여우가 황새를 오찬에 초청하였는 데 다만 스프만을 장만하여 넓고 얕은 접시에 담아 왔습니다. 여우는 매우 엄숙한 태도로 향연석상에서 주인노릇을 하였습니다. 이것은 여우에게는 아무 고통도 없지마는 황새는 다만 그 주둥이 끝을 접시에 적실 정도이므로 대단히 곤란하였습니다. 그러나 황새는 오찬을 칭찬하고 머지않아 답례하겠다고 인사를 하고 돌아왔습니다.

과연 이삼일 후에 황새는 답례로 여우를 초청하였으나 유리병에 넣은 물고기 외에는 아무것도 가져오지 말라고 분부하였습니다. 그런데 그 병의 목이 좁고 길어서 황새 자신은 먹기 좋지마는 여우는 다만 병에 붙은 고기 조각을 핥을 뿐이었습니다.

여우는 속이 상하는 것을 감출 수 없어 할 수 없이 자기는 적당한 벌을 받았다고 생각하였습니다.

　* 간사한 짓을 하는 사람은 그 때문에 고통을 받을 각오를 하고 있지 않으면 안 된다. 그리니까 최후에 웃는 사람이 가장 잘 웃는 사람이라고 할 것이다.

66. THE BOYS AND THE FROGS

Some boys, playing near a pond, saw a number of Frogs sporting in the water.

"Let us see if we can hit them," said one; and they all began to pelt them with stones,

At last, after several had been hit, one of the Frogs put his head up out of the water, and said, "Pray stop, Boys. Throwing stones at us may be great sport for you, but it is death to us. We have done you no harm, and alas! You have already killed three of our family."

 숙어 및 단어

pelt; 던졌다.
throwing stones at us; 우리에게 돌을 던지다.
hit; 맞았다.
alas; 슬프다.

66. 소년과 개구리

애들이 못가에서 놀고 있다가 개구리가 여러 마리 물속에서 놀고 있는 것을 보았습니다.

"어디 맞출 수 있나 보자." 하고 그 중 한 애가 말하였습니다. 그래서 애들이 다 개구리에 돌을 던지기 시작하였습니다.

몇 마리의 개구리가 맞고 나서 드디어 그 중에 하나가 머리를 물 밖으로 쳐들고 말하였습니다. "얘 애들아, 그만둬 응, 우리들에게 돌을 던지는 것은 너희들에게는 재미있는 장난일지 모르나 우리들에게는 목숨이 왔다 갔다 하는 일이다. 우리들은 너희들에게 아무런 해도 끼치지 않았는데, 아아, 슬픈 일이다. 우리 가족은 벌써 세 명이나 죽었구만."

67. THE MAN, HIS SON AND HIS ASS

A Man and his Son were once driving their Ass along a country road, to sell him at the fair. They soon passed some girls, who were drawing water at a well.

"Look," said one of the girls; "see those silly people trudging along in the dust, while their Ass walks at his ease."

The Man heard what she said, and put his boy on the Ass's back. They had not gone far before they came to some old men.

"See here, now," said one of them to the others, "this shows that what I said is true. Now-a-days the young take no care of the old. See this boy riding while his poor old father has to walk by his side."

Hearing this, the Man told his Son to get down, and he mounted the Ass himself. In a little while, they met three women with children in their arms. "How can you let that poor boy walk when he looks so tired, and you ride like a king?"

The Man then took the boy up behind him on the saddle, and they rode on to the town. Just before they get there, so me young men stopped them, and said;

"Is that Ass yours?" "Yes," said the Man. "One would not think so," said they, "by the way you load him. You look more fit to carry him than he to carry you."

So the Man and the Boy got off, tied the Ass's legs with a rope, and fastened him to a pole; and, each taking one end of the pole, carried him along, while everyone they

67. 영감과 아들과 나귀

어느 날 한 사람이 자기 아들과 장에서 팔 나귀를 몰고 시골 길을 걷고 있었습니다. 얼마 안 되어 그네들은 우물에서 물을 푸고 있는 소녀들 앞을 지나게 되었습니다

"저것 좀 보아" 하고 한 소녀가 말하였습니다. "저런 멍텅구리들 좀 보아, 나귀를 편안히 걸려두고 자기들은 먼지 속을 허덕거리고 있는 꼴을 좀 보아." 영감은 소녀의 말을 듣고 아들을 나귀에 태웠습니다. 그리고 얼마 가지 아니하여서 노인들이 있는 곳에 왔습니다.

"자아 이것 좀 보아요." 하고 한 노인이 다른 노인들에게 말하였습니다. "내가 틀림이 없다는 것은 이것 보아도 알지 않소. 요사이 젊은 놈들이란 노인을 위할 줄 모르거든, 자아 이 애를 좀 보" 이 이야기를 듣고 영감은 아들을 내려놓고 자기가 나귀를 탔습니다.

조금 지나서 애기를 안은 세 명의 부인을 만났습니다.

"참 지독한 영감도 있다. 가엾게도 아들이 저렇게도 피곤해 하는 것을 걸려두고 자기만 왕이나 된 듯이 타고 가다니 어쩌면 저렇게도 냉정할까." 그래서 영감은 아들을 자기 뒤에 태우고 읍으로 들어갔습니다.

"그 나귀는 당신 것입니까?", "예 그렇습니다."하고 영감이 대답하였습니다. "그렇게도 짐을 많이 실을 것으로 판단하면 당신들은 나귀를 타는 것 보다는 오히려 나귀를 메고 가는 편이 적당

met laughed outright. By and by they came to a bridge. Then the Ass began to kick, and, breaking the rope. fell into the water, and was drowned.

The old Man took his Son, and went home as best he could, thinking to himself, "When we try to please everybody, we please nobody."

 숙어 및 단어

driving; 이끌고
fair; 시장
silly = foolish; 어리석다, 멍텅구리
at his ease; 편안히 힘들지 않게
trudging along; 무겁게 걷다.
this shows that; 보면 안다.
mounted = rode
how can you = how dare you
like a king = as happy as a king
by the way; 하는 짓을 보면
fit to; ～에 적당하다.
outright; 들어내놓고
was drowned; 빠져 죽었다.

할 것 같은데요." 그래서 영감과 아들은 나귀에서 내려 나귀 다리를 밧줄로 동여매고 장대에 꿰어 장대의 끝을 메고 가는 것을 보는 사람마다 모두 깔깔 웃었습니다.

조금 후에 둘이는 다리에 왔습니다. 이번에는 나귀가 발길질을 하기 시작 하더니 새끼가 끊어져 물속으로 떨어져 빠져 죽고 말았습니다. 영감은 아들을 데리고 부랴부랴 집으로 돌아 가면서 내심으로 생각하였습니다. "모든 사람의 마음에 들려다가는 한 사람의 마음에도 들지 않겠는데."

68. THE VAIN JACKDAW

Jupiter having determined, it is said, to appoint a severeign over the birds, proclamation was made that, on a certain day, the candidates should present themselves before him, and he would choose the most beautiful to be king.

The Jackdaw, knowing his own ugliness, yet wishing to rule over the birds, searched through woods and fields for feathers which had fallen from the wings of his companions, and stuck them all over his body.

When the appointed day arrived, and the birds had assembled, the Jackdaw made his appearance in his many feathered finery, and Jupiter proposed to make him king.

Upon seeing this, the birds were indignant, and, pluckung each from the Jackdaw his own feathers, the proposed king was left a plain Jackdaw with no claim to beauty.

* Hope not to succeed in borrowed plumes.

 숙어 및 단어

proclamation; 선언, 명령   it is said = they say; ~한다더라
chandidates; 후보자   all over his body; 온몸둥이에
proposed; 제안했다.
upon seeing this = when they saw this. was left = became
hope not = do not hope과 같다.

68. 허영심 많은 갈가마귀

쥬피터(산신령)는 새들을 지배할 왕을 임명하려고 새들에게 말하였습니다. "너희들은 일정한 날에 후보자를 내 앞에 출두 시켜라. 그러면 그 중에 가장 아름다운 새를 골라서 왕을 삼으리라."는 포고를 내셨다는 것입니다.

갈가마귀는 자기가 보기싫은 줄 알면서도 조류를 지배해 보자는 야심으로 숲속으로 혹은 들판을 쏘다니며 다른 새들의 날개에서 빠진 털을 주워서 자기 몸둥이 전면에 꽂았습니다.

쥬피터(산신령)가 지정한 날이 와서 새들이 모였을 때 갈가마귀는 여러 가지 새털로 된 아름다운 옷을 입고 나온 때문에 쥬피터는 그를 왕으로 임명하고자 제안 하였습니다.

이것을 보고 새들은 분개하여 갈가마귀 몸에서 제각기 자기의 털을 뽑아간 때문에 왕이 되려던 갈가마귀는, 곱다고는 입밖에도 내지 못할 꾸미지 않은 못생긴 갈가마귀로 다시 되고 말았습니다.

 * 남의 힘으로 성공하려고 생각해서는 안 된다.

69. THE BEAR AND
THE TWO TRAVELERS

Two men were traveling together, when Bear suddenly crossed their path.

One of the men climbed quickly into a tree, and tried to conceal himself in its branches.

The others, seeing that he must be attacked, fell flat upon the ground; and when the Bear came up, pelt him with his snout, and smelt him all over, he held his breath, feigning death.

The Bear soon left him, for it is said a Bear will not touch a dead body. When the Bear had gone, the Traveler in the tree came down to join his companion, and as a pleasant joke, inquired, "What was it that the Bear whispered in your ear?" His friend replied very gravely. "He gave me this bit of advice; Never travel with a friend who deserts you at the approach of danger."

 숙어 및 단어

when = and then
conceal himself; 숨겼다.
feigning death = pretending to be dead; 죽은체 하다.
as a pleasant joke; 유쾌한 농담으로
gravely; 엄숙하게
at the approach; 가까워진 것을 보고

69. 곰과 두 나그네

두 사람이 같이 여행을 하고 있었는 데 곰이 갑자기 길을 가로 막았습니다. 그 중 한 사람은 빨리 나무로 올라가서 나뭇가지 속에 숨기로 하였습니다. 또 한 사람은 필경 곰이 습격하리라는 것을 알고 납작 엎드렸습니다. 그리고 곰이 와서 코를 대어보고 전신의 냄새를 맡아 보았을 때, 그 사람은 숨을 죽이고 죽은 척 하였습니다.

곰은 이어 가버렸습니다. 곰은 죽은 사람에게 손을 대지 않으니까요. 곰이 가버리자 나무 위에 있던 사람이 내려와 같이 온 사람한테 가서 농담으로 물어 보았습니다. "곰은 자네 귀에다 뭐라고 속삭이던가?" 같이 가던 사람은 매우 엄숙한 태도로 대답하였습니다. "곰은 나에게 이러한 충고를 하였네. 눈 앞에 위험이 닥쳐 오는 것을 보고 동물을 버리고 가는 그러한 동무와는 절대로 같이 여행을 할 것이 아니라고."

70. THE WOOD-MAN AND
THE TREES

A Woodman came into a forest, and made a petition to the Trees to provided him a handle for his axe.

The Trees, honoured by his civility, acceded to his request, and held a consultation, to decide which of them should be given him.

Without a dissenting voice, the choice fell upon the Ash, which, it seems, is not a favorite among the Trees. Some of them were bold enough to say that bad luck went with the Ash, and that at heart they were not bound to be in sympathy with wood cutters.

The Woodman cut down the Tree, and fitted the handle to his axe; then, to the dismay of the Trees, he set to work, and, with strong strokes, quickly felled all the noblest gaints of the forest. Lamenting too late the fate of his companions, old Oak said to a neighboring Cedar:

"The first step has lost us all. If we had not so willingly given up the rights of the Ash, we might have stood for ages."

 숙어 및 단어

honoured by = flattered by; 기분이 좋아서
acceded to; ~를 승락했다.　be in sympathy with; 동정하다.
to the dismay; 낙심한 것　felled; 찍어 넘겼다.
given up the rights; 권리를 포기했다.

70. 나무꾼과 나무

한 나무꾼이 산림에 와 도끼자루감을 하나 달라고 애원하였습니다.

수목은 나무꾼의 정중한 인사에 기분이 좋아서 그의 요구를 승락하고 그에게 줄 목재를 결정하기 위하여 협의하였습니다. 한 사람의 반대자도 없이 물푸레 나무가 선택 되었습니다. 물푸레 나무는 수목들 사이에서도 인기가 없는 것같이 보였습니다. 그중에는 액운이 물푸레 나무에 붙었다는둥 자기들은 충심으로 나무꾼에게 동정할 의리도 아무것도 없다는둥 이런 말을 대담히도 입 밖에 내는 나무까지도 있었습니다.

나무꾼은 물푸레 나무를 찍어 넘기고 도끼 자루를 다 만들었습니다. 그리고는 다른 나무들이 낙심한 것은, 나무꾼이 나무를 찍기 시작하자 탕탕 소리를 내면서 산림의 훌륭한 큰 나무를 재빠르게 모조리 찍어 넘긴 것입니다.

이미 지나간 일이지마는 자기 동료들의 운명을 탄식하여 늙은 참나무가 옆에 있는 상나무에게 말하였습니다.

"맨 처음에 한 걸음 잘못 내디딘 때문에 우리들은 다 목숨을 잃어버렸다. 만일 그렇게 자진하여 물푸레 나무의 권리를 짓밟지 않았더라면 우리들은 몇 백년이라도 서 있을껄"

ABSOP'S FABLES

71. THE PORCUPINE AND
THE SNAKES

A prickly Porcupine came wandering along one day, looking for a place to live. He found a family of Sankes living in a warm cave, and asked them to let him come in. The snakes consented, though much against their will, and the Porcupine crept into their home. But they soon found that his sharp quills stuck into them and hurt them, and they wished they had never let him in.

"Dear porcupine, pleas go away," they said; "you are so large and so prickly."

But the porcupine was very rude, and said, "O no. If you do not like it here, you can go away I find it very nice."

* It is easier to keep an intruder out than to comple him to go when you have once let him in.

 숙어 및 단어

come wondering along; 이리저리 배회하면서 왔다.
gainst their will; 본의에 거슬리다.
quills; 가시다람쥐
very rude; 매우 무례하다.
like it here; 여기가 좋거든
keep ∼ out; 안넣다.
intruder; 침입자
comple to go = make ∼ to go

71. 가시다람쥐와 뱀

어느 날 가시 투성이인 가시다람쥐가 거처할 곳을 찾으러 천천히 걸었습니다. 그는 따뜻한 굴에 뱀의 한 세대가 살고 있는 것을 발견하고 좀 들어가 살자고 청을 하였습니다.

뱀은 본의는 아니면서도 승락하였으므로 가시다람쥐는 뱀의 집에 들어갔습니다. 뱀들은 얼마 안 되어 가시다람쥐의 날카로운 털에 찔려서 아픈 것을 깨닫고 가시다람쥐를 안에 들이지 않았더라면 좋았을껄 하고 후회하였습니다.

"가시다람쥐씨, 미안하지만 좀 나가 주세요"하고 뱀들이 말하였습닌다. "당신은 너무 몸집이 큰데다가 가시가 많아서,"

그러나 가시다람쥐는 매우 성을 내어 말하였습니다. "나는 싫다. 너희들이 여기가 싫거든 나가도 좋다. 나는 여기가 아주 마음에 든다."

* 난입자는 일단 넣어 놓고 다시 내쫓는 것보다도 당초부터 넣지 않는 것이 더 쉽다.

72. THE SWALLOW AND
THE OTHER BIRDS

A wise Swallow, seeing a man sow seed in a field, went behind him, and picked up one of the seeds to see what it was. She found that it was flax. "When this flax has grown," she said to herself, "the man will man will make it into linen thread, and use it to make nets for catching us Birds."

So she went to all the Birds, and told them what she had discovered begging them to come and help her eat up the flax seed before it should sprout.

But the Birds would not listen to her. Not one of them could she persuade to helpher pick up the seeds which the farmer had sown.

By and by the flax sprung up, and the Swallow tried again to persuade the Birds to pull the young flax before it grew large. But they all made fun of her, and let the flax keep growing.

When she saw how heedless all the Birds were, the Sawllow would have nothing to do with them, but left the woods where they lived, and came among men, building her nests in barns, and along the eaves of houses.

Dear child, do not let the wise little Swallow look at you with her brigtht eyes, and think, "How foolish that child is, to wait till it is too late to do what ought to be done now."

72. 제비와 다른 새들

영리한 제비는 농부가 밭에 씨를 뿌리는 것을 보고 그 뒤로 돌아가서 무슨 씨앗인가 보려고 한 알 주워 들었습니다. 보니까 삼씨였으므로 이 삼이 장성하면 하고 제비가 혼자 말을 하였습니다. "그 사람은 이것으로 마사를 뽑아 우리들 새를 잡는 그물을 만드는 데 쓸 것이다."

그래서 제비는 모든 새를 방문하여 자기가 발견한 것을 말하고 삼싹이 나오기 전에 삼 종자를 다 먹어 치우는 일을 거들어 달라고 부탁하였습니다.

그러나 다른 새들은 끝가지 제비의 말을 들어주지 않았습니다.

제비는 농부가 뿌린 씨를 줍는 것을 거들어 주도록 한 마리의 새도 설복시킬 수가 없었습니다.

곧 삼의 싹이 나온 까닭에 제비는 크기 전에 어린 삼을 뽑아 내자고 또 새들을 설복시키려고 노력하였습니다.

그러나 새들은 제비를 놀려만 대고 삼이 점점 자라는 대로 내버려 두었습니다. 제비는 새란 것이 모두 얼마나 부주의한가를 깨닫고 그따위 새들과는 그만 절교하기를 결심하고 그들이 사는 숲을 버리고서 인가에 와서 광이나 사람의 집 처마에 깃들이고 살게 되었습니다.

친애하는 어린이들이여, 이 영리한 작은 제비가 눈을 반짝거리면서 그대들의 얼굴을 들여다 보고 참 어리석은 애로군 방금 해

make it into; ～로 만들다.

linen; 감옷(아마포)

what = that which

begging = and begged

would not listen; 절대로 승낙하지 않았다.

persuade; 설복시키다.

heedless; 주의 안하다.

along the eaves; 처마에 따라서

too late to do; 너무 늦어서 할 수 없다.

야 될 일을 안하고 시기가 너무 늦어서 할 수 없을 때까지 두어두
다니 하고 생각하게 해서는 안 됩니다.

73. THE HARE AND THE TORTOISE

A Hare one day made himself merry over the slow pace of the Tortoise, and vainly boasted of his own great speed in running. The Tortoise took the laugh in good part.

"Let us try a race," she said; "I will run with you five miles for five dollars, and the Fox out yonder shall be the judge."

The Hare agreed, and away they started together.

The Tortoise never for a moment stopped, but jogged along with a slow, steady pace, straight to the end of the course. But the Hare, full of sport, first outran the Tortoise, then fell behind; having come midway to the goal, he began to nibble at the young herbage, and to amuse himself in many ways. After a while, the day being warm, he lay down for a nap, saying, "If she should go by, I can easily enough catch up."

When he woke, the Tortoise was not in sight; and, running as fast as he could, he found her comfortably dozing at their goal, after her success was gained.

* People who are very quick are apt to be too sure. Slow and steady often wins the race.

 숙어 및 단어

pace; 걸음
vainly; 헛되다.

73. 산토끼와 거북

어느 날 산토끼가 거북의 걸음이 뜬 것을 비웃고 자기의 뛰는 속력이 빠른 것을 자랑하려다 실패한 일이 있습니다. 거북은 조롱을 기분좋게 받았습니다.

"그러면 한번 경주를 하여보세" 하고 거북이 말하였습니다.

5달러 걸고 5마일 경주일세, 그리고 저기 있는 여우는 심판관으로 삼으세." 산토끼가 동의한 까닭에 거북과 산토끼는 같이 출발하였습니다. 거북은 눈 깜박할 새도 쉬지 않고 느리나 착실한 보조로 바로 결승점을 향하여 껍적껍적 걸어 갔습니다.

그러나 산토끼는 장난꾸러기가 되어 뛰어다니며 거북을 뒤떨어뜨리기도 하고 또 다시 앞세우기도 하며 까불었습니다. 그러다가 결승점까지의 절반쯤 와서는 연한 풀잎을 조금씩 뜯기도 하며 갖은 방법으로 놀기 시작하였습니다. 그날은 따뜻한 까닭에 잠시 후 산토끼는 드러누워, "만일 거북이 뒤따라 앞선다손 치더라도 그따위는 문제 없이 따라갈 수 있어" 하면서 낮잠을 잤습니다.

산토끼가 눈을 떠보니 벌써 거북은 보이지 않았으므로 될수록 빨리뛰어 갔으나 거북은 이미 승리를 얻고 결승점에서 기분좋게 끄덕끄덕 졸고 있었습니다.

* 걸음이 매우 빠른 사람은 등한히 하기 쉽다. 그러므로 느리나 착실한 사람이 가끔 이기는 수가 있다.

boasted of; 자만하다, 자만심
out yonder; 저쪽 밖에 있는
shall be = we will make
agreed; 동의했다, 승락
full of sport; 장난꾸러기
herbage = grass
in many ways; 여러 가지 방법
nibble; 갉아먹다, 조금씩 먹다.
catch up; 따라가다.
are apt to; ～하기 쉽다.

74. THE MOUSE, THE FROG AND THE HAWK

A Mouse who had always lived on the land, and a Frog who passed most of his time in the water, became friends. The Mouse showed the Frog his nest, and everything he could think of that was pleasant to see; and the Frog invited the Mouse to go home with him, and see all the beautiful things that are under the water.

"Can you swim?" asked the Frog. "Not much," said the Mouse. "No matter," said the Frog; "I will tie your foot to my foot with a piece of this strong grass, and then I can pull you along nicely." The Frog laughed as he said this. He thought it would be good fun for him, but he well knew that the Mouse would not enjoy it.

When the Frog had tied the Mouse's foot to his own, they started together across the meadow. They soon came to the edge of the water, and the Frog jumped in, pulling so Mouse in with him.

"Oh, how cool and nice the water is, after the dry, hot land," said the Frog, as he swam gaily about. But the poor Mouse was frightened.

"Please let me go," said he, "or I shall die."

"Oh, never mind," said the unkind Frog; "you will used to the water. I love it."

But soon the poor Mouse was drowned, and he floated up to the top of the water, while the Frog frisked about, down below.

74. 생쥐와 개구리와 매

항상 육지에서 살고 있는 생쥐와 주로 물속에서 지내고 있는 개구리의 사이가 두터워졌습니다. 쥐는 자기집과 생각나는 대로의 보기 좋은 것을 개구리에게 보여 주었습니다. 그러니까 개구리는 같이 가서 물속에 있는 아름다운 것을 모두 보자고 생쥐를 초청하였습니다.

"헤엄칠 줄 아나?" 하고 개구리가 물었습니다.

"잘 못쳐" 하고 생쥐가 대답하였습니다. "괜찮어" 하고 개구리가 말하였습니다. "내가 이 질긴 풀대로 네 발을 내 발에 잡아매고 근사하게 끌어 줄테니" 하며 생쥐의 발을 잡아 매면서 개구리는 웃었습니다. 그것이 자기에겐 재미있는 장난이지만 생쥐는 재미를 못 볼 것을 개구리는 잘 알고 있었습니다. 개구리가 생쥐의 발을 자기 발에 잡아매고서 그들은 풀밭을 건너서 같이 나갔습니다.

얼마 안 되어 그들이 물가에 도착하자 개구리는 뛰어 들어 쥐를 끌어 들였습니다. "야아! 참 시원하고 기분 좋다. 여태껏 건조한 더운 육지에 있다보니" 하고 개구리가 재미있게 헤엄쳐 돌아다니면서 말하였습니다. 그러나 가엾은 생쥐는 매우 겁이 났습니다. "좀 놓아주어!" 하고 말하였습니다. "그렇지 않으면 나는 죽겠네." "응 괜찮어" 하고 불친절한 개구리가 말하였습니다. "금새 물에 익숙해 질껄 뭐, 나는 물을 무척 좋아한다네." 얼마 안 되어 가엾게도 생쥐는 죽어서 물 위에 떠올랐습니다. 마침 그때에 공

Just then the Hawk who was flying over, saw the Mouse, and pounced up with him.

As he flew away with it, the Frog was dragged out of the water too, as he was still tied to the Mouse.

"Stop, stop!" cried the Frog, "Let me go. It is Mouse you want."

"Come along," said the Hawk; "I want you both. I will eat you first, for I like Frog even better than I do Mouse." In a few moments the Hawk had made a good supper, and there was nothing left of either the false Frog or the foolish Mouse.

 숙어 및 단어

not much = I can't swim so much
pull you along; 너를 끌어가다.
enjoy; 재미있게, 즐기다.
enjoy life; 인생을 향락하다.
to his own = to his own foot
never mind; 걱정 말라.
get used to = become
accustomed to; 익숙하다.
frisked about; 뛰어 돌아다녔다.
cried; 외쳤다.
nothing left of either; 어느 쪽도 남지 않다.
false; 성실성이 없는, 성의 없는

중에 날으던 매가 쥐를 보고 움켜 갔습니다. 개구리는 아직 쥐와 잡아 매여져 있기 때문에 매가 쥐를 채어 갔을 때 물속에서 끌려 나왔습니다. "아아 조금, 조금만…" 하고 개구리가 말하였습니다. "나를 놓아 주세요. 당신이 필요한 것은 쥐가 아닙니까?"

"따라오너라, 나는 둘 다 원하면 쥐보다 개구리를 더 좋아하기 때문에 너를 먼저 먹겠다." 라고 말하였습니다. 얼마 후에 매는 맛있는 저녁을 먹을 수 있었습니다.

그리고 거기에는 성실하지 않은 개구리와 어리석은 생쥐도 둘 다 없어졌습니다.

75. THE DOG, THE COCK AND THE FOX

A Dog and a Cock, who were neighbors, once made a little journey together.

When night came on, the Cock flew up into the branches of a tree, to sleep; and the Dog found a hollow in the trunk, into which he could creep and lie down. They slept well, and as soon as the morning dawned, the Cook, as usual began to crow.

A Fox, hearing the sound and thinking he was sure of a good breakfast, came and stood under the branches. "Good morning," said he to the Cock.

"How glad I am to make the acquaintance of the owner of such a voice. Will you not come down here where we can chat a little?"

"Thank you, but I can not just yet," replied the Cock; "but if you would like to come up here, go around the tree-trunk, and wake my servant. He will open the door and let you in." The Fox did as he was requested; but, as he approached the teer, the Dog sprang upon him, and tore him to pieces.

"Two can play at the same game," said the Cock as he looked down upon the scene.

75. 개와 수탉과 여우

이웃에 사는 개와 수탉이 어느 날 같이 여행을 떠났습니다.

날이 저물어 닭은 무성한 나뭇가지 속에 올라가 잤습니다. 그리고 개는 고목나무 구멍을 찾아서 그 속에 기어들어가 누울 수가 있었습니다.

여우가 그 소리를 듣고 반드시 맛좋은 조반이 생기는가보다 하고 와서 나뭇가지 아래 있었습니다. "안녕하세요." 하고 여우는 수탉에게 말을 건네었습니다.

"당신 같이 목소리가 좋은 양반과 알게 된 것은 저에게는 참 영광이올시다. 이리 좀 내려오시지요. 여기 오면 이야기도 좀 할 수 있겠는데요." "고마운 말씀입니다마는 아직 조금 안되겠는데요." 하고 닭이 대답하였습니다. "그러나 만일 당신이 이리 올라오셔도 좋으시거든 나무 줄거리 뒤로 돌아서 우리 하인을 깨우세요. 그 사람이 문을 열고 안내하여 올릴테니," 여우는 요구대로 하였습니다.

그러나 여우가 나무에 가까이 간 즉, 개가 벌떡 덤벼들어 여우를 쪼각쪼각 찢어 버렸습니다.

"그쪽이 그러면 이쪽도 그렇다." 하고 이 광경을 내려다 보면서 닭이 말하였습니다.

숙어 및 단어

made a uourney = wenton a journey
hollow; 구멍
as usual; 평상 하는대로
was sure of; 틀림없이 얻었다.
acquaintance with; ～와 알게 된다.
chat; 털어놓고 얘기하다.
requested = begged; 부탁 받았다.

76. THE MILKMAID AND HER PAIL OF MILK

Dolly the Milkmaid having been a good girl, and careful in her work, her mistress gave her pail of now milk.

With the pail upon her head, Dolly tripped gaily along on her way to the town, whither she was going to sell her milk.

"For this milk," said Dolly, "I shall get a shilling, and with it I will buy twenty of the eggs laid by our neighbor's fine fowls. The mistress will surely lend me a hen, and, allowing for all mishaps, I shall raise a good dozen of chicks.

They will be well grown before the next fair-time comes around, and it is then that chickens bring the highest price. I shall be able to sell them for a guinea.

"Then I shall buy that jacket that I saw in the village the other day, and a hat and ribbons, too; and when I go to the fair, how smart I shall be!

"Robin will be there, and will come up and offer to be friends again. But I won't come round too easily; and when he wants me for a partner in the dance, I shall just toss up my head and—"

Here Dolly gave her head the least bit of a toss, when down came the pail, and all the milk was spilled upon the ground.

Poor Dolly! it was her good-by to eggs, chickens, jacket,

76. 우유 짜는 소녀와 우유통

우유 짜는 소녀인 돌리는 아주 착실한 소녀로 일하는데도 조심성이 많아서 그의 여주인은 그에게 특별히 새 우유 한 통을 선사하였다.

돌리는 머리에 우유통을 이고서 읍내로 가는 길을 쾌활하게 빨리 걸어 갔습니다. 거기에서 자기 우유를 팔려 하는 것이었습니다.

"이 우유로…" 라고 돌리는 말하였다.

"한 시링을 받을 것이고 그것으로 이 집의 훌륭한 닭이 낳은 달걀을 살 것이며 주인은 암탉을 빌려 주시게 될 것이고, 그러면 모든 불운을 생각하고 라도 열 두마리의 병아리는 기를 수 있을 것이다."

그 병아리는 돌아오는 장날까지 충분히 장성할 것이고 병아리 값은 그때 제일 비싸게 팔리겠지.

"그러면 나는 요전날 마을에서 본 쟈켓과 모자와 리본을 사고, 그리고 내가 장에 가면 얼마나 말쑥해 보일까!

로빈이 장에 올 것이며 그리고 옆에 와서 다시 동무가 되어 달라고 할 것이다. 그러나 나는 쉽사리 말을 안들어 줄게다 . 그리고 댄스의 상대가 되어 달라 하여도 나는 머리를 살랑살랑 흔들껄."

그러다 여기서 돌리는 머리를 아주 흔들었기에 우유통은 마침 떨어져 우유는 모두 땅에 쏟아져 버렸다.

가엾어라 돌리야! 이제는 계란도 병아리도 쟈켓도 모자도 리본

hat, ribbons, and all.

* Don't count your chickens until they are hatched.

 숙어 및 단어

having been = as had been
for herself; 그 여자의 소유로
tripped; 걸음 빠르게 갔다.
allowing for; ~을 짐작하고
mishaps; 불행, 사변
bring the highest price = sells for the highest price
smart; 말쑥한
to be friends; 의좋게 하다.
come round; 남의 말을 듣다.
toss up my head; 잘난척 하고 머리를 치켜들다.
good bye to; 없어졌다.
hatched; (알)까다.

도 아무것도 모두 안 되어 되었다.

　* 깨기 전에는 병아리를 세지 말라.

77. THE TWO TRAVELERS

As two men were traveling through a wood, one of them took up an axe which he saw lying upon the ground. "Look here," said he to his companion; "I have found an axe."

"Don't say I have found it" said the other. "but we. As we are companions, we ought to share it between us."

"No," said the first, "I found the axe. It is mine."

They had not gone far when they heard the owner of the axe pursuing them, and calling out to them in great passion.

"We are in for it now," said he who had the axe.

"Nay," said the other; "say I am in for it, not we. When you thought you had a prize, you would not let me share it with you, and you can not expect me to share in the danger."

 숙어 및 단어

share it = divide it
owner; 임자, 주인
are in for it; 모면할 수 없다.
prize; 습득물, 횡재
share it with; 나누다.

77. 두 나그네

두 사람이 숲속을 여행하던 중 한 사람이 땅에 떨어져 있는 도끼를 집어 들었다. "여보게!" 하고 그는 동행하는 사람에게 말하였다. "나는 도끼를 하나 주었네."

동행자가 말하기를 "내가 주었다고 말하지 말라고 우리것이라고 말하게."

"안 되지." 하고 처음 사람이 말하였다. "내가 도끼를 주었으니 그것은 내것일세"

그들은 얼마 안가서 그 도끼 임자가 그들을 따라 오면서 매우 성이 나서 부르는 소리를 들었다.

"우리들은 꼼짝할 수 없네." 하고 도끼 가진 사람이 말하였다.

또 한 사람이 말하기를 "우리라고 말하지 말고 나는 모면할 수 없다고 말하구려, 자네는 주었다고 생각할 때는 그것을 그에게 한몫 주지 않고 지금 위험에 빠지니까 나에게 위험을 분담하라니 말이 되는 것이냐."

AESOP'S FABLES

78. THE HUSBANDMAN AND THE STORK

A Husbandman pitched a net in his fields to take the cranes and wild geese that came to feed upon the newly sown corn.

In this net he took several both of crance and geese, and among them, on one occasion, a Stork. The cranes and geese accepted their lot as one of the chances to which such lives as theirs were subject; but the Stork was in a very sad case, and pleaded hard for his life.

Among other reasons why he should not be put to death, the Stork urged that he was neither goose nor crane, but a poor, harmless Stork, who performed his duty to his parents as well as ever he could, feeding them when they were old, and carrying them, when required, from place to place upon his back.

"All this may be true," replied the Husbandman; but, as I have taken you in bad company, and in the same crime, you must expect to suffer the same punishment."

* People are judged by the company they keep.

 숙어 및 단어

newly sown; 새로 뿌린
among them; 그 중에

78. 농부와 황새

한 농부가 새로 뿌린 곡식을 먹으려고 날아오는 학과 기러기를 잡으려고 자기 밭에 그물을 쳤다.

이 그물 속에 그는 학과 기러기를 몇 마리씩 잡았다.

그리고 그 속에 한 번은 황새도 들어 있었다.

학과 기러기는 자기들 같이 이러한 생활을 하는 새로서는 이 운명을 면하기 어려울 것이라 단념하였으나 황새는 매우 슬퍼하며 목숨만은 살려 달라고 간절히 애원하였다.

자기를 죽여서는 안 된다는 여러 가지 이유로서, 황새는 특히 자기는 기러기도 학도 아니고 다만 불쌍한 아무 해를 끼치지 않는 황새로서 부모가 늙으면 봉양도 하고 필요할 때는 등에 엎고 여기 저기 다닐 것이라고 역설하였다.

"그거야 너의 말이 진정일지도 모른다." 하고 농부가 말하였다.

"그러나 나는 네가 나쁜 새들 속에서 같은 죄목으로 잡혔으니 같은 형을 받아야 한다."

* 사람은 그의 동무에 의하여 판단된다.

in ~ sad case = in sad ~ condition

pleaded; 변명했다, 변론했다.

among other; 많은 가운데 특히

bad company; 나쁜 동무

crime; 범죄, 죄악

suffer ~ punishment; 벌을 받다.

are judged by; ~를 보아 판단되다.

79. THE TWO POTS

A River carried down, in its stream, two Pots, one made of Earthen ware, and the other of Brass.

The Brass Pot was disposed to be social. "Since we are companions in this way, let us be friendly," he said.

"In union is strength. Though we are carried away against our will, it is of no use to repine. We may yet see much good."

But the Earthen Pot said, "I beg you not to come so near me. I am as much afraid of you as of the river; for if you do but touch me ever so slightly, I shall be sure to break."

* Equals make the best friends.

 숙어 및 단어

was disposed; ~하는 경향이 있다.
social; 교제 좋아하는
against our will; 우리 뜻에 반하여
of no use = useless
repine; 불평하다, 투덜거리다.

79. 두 개의 항아리

강물에 항아리 두 개가 떠내려가고 있었습니다.

하나는 흙으로 만든 것이고, 또 다른 하나는 놋쇠로 만든 것이었습니다.

놋항아리는 교제하고 싶은 생각이 났습니다.

"이렇게 동행자가 되었으니 의좋게 지냅시다." 하고 그는 말하였습니다.

"힘은 뭉치는 데 있습니다. 우리는 본의 아니게 떠내려가고 있지만 불평한들 소용이 있습니까. 그러나 좋은 수가 아직도 많이 있을지도 몰라요."

그런데 흙으로 만든 항아리가 말하였습니다.

"미안하지만 너무 가까이 오지 마세요. 나는 가움이 무서울 만치 당신이 무서워요. 왜냐하면 당신이 조금이라도 나를 건드리면 나는 틀림없이 부서지까요."

* 같은 것들이 제일 좋은 동무가 된다.

80. THE QUACK FROG

There was once a Frog who made proclamation that he was a learned physician, able to heal all diseases.

He went so far as to tell the beasts that it was their own fault that they were ill, since, if they would but submit to his treatment, he would restore them to perfect health.

A Fox hearing it, asked, "How is it, since you can do such great things for others, you do not first try to mend your own lame gait and your wrinkled skin?"

* They who assume to help others should first mend themselves.

 숙어 및 단어

proclamation; 선언, 포고, 선언서
learned; 학문 있는, 학문상의
a learned man; 학자
physician; 내과의사, 의사, 치료자
treatment; 처리, 대우, 치료법

80. 엉터리 개구리

옛날에 어떤 개구리가, 자기는 만병을 고칠 수 있는 학식이 있는 의사라고 말하였습니다.

그는 짐승에게, 만약 그들이 자기의 치료를 받기만 하면 완전한 건강체로 회복시킬터인데 만일 그들이 병든채로 있으면 그것은 그들 자신의 죄라고까지 말했습니다.

그것을 여우가 듣고 물었습니다. "그런 장한 일로 남을 위할 수 있다면 우선 당신의 절뚝절뚝하는 걸음걸이와 그 주름진 피부를 고치려고 하지 않는 것이 어찌된 셈입니까?"

* 남을 도우려는 사람은 먼저 자신을 고쳐야 한다.

81. THE LARK AND
HER YOUNG ONES

A Lark had made her nest in Spring in a field of young, green wheat. Her little ones had been growing larger and stronger all the Summer, while the wheat grew taller and closer about their home.

As Autumm drew near, the young birds were almost old enough to fly, and the wheat was nearly ripe.

One day the owner of the wheat-field came by, and the little Larks heard him say to his son, "Here will be a fine harvesting of wheat. I must send to all my neighbors to come and help me gather it in."

This startled the birds. They could hardly wait for their mother to come home to move them to a place of safety.

"There is no need for moving yet, my children," said the mother. But when she left them, as usual, the next morning, she charged them to listen to what the farmer said, if he came again, and to remember so as to tell her exactly what it was, when she came back to them.

After a few days the owner of the field came again, and the eager birds listened to get more news for their mother.

"Since our neighbours have not come," the farmer said, "go and ask your uncles and cousins to come and help us, for our wheat is ready to harvest."

"We must move now! we must surely move!" said the young Larks, "or the reapers will come and kill us all."

"Not yet," said the mother "the man who only sends to

81. 종달새와 그 새끼들

어느 날 종달새가 봄에 어느 어리고 새파란 밀밭 속에 집을 만들었습니다. 종달새 새끼들이 온 여름내 점점 튼튼하게 성장하였으며 그 동안에 밀도 무성해져서 종달새 새끼들은 날아 다닐 만큼 자랐으며 밀도 그 동안에 거의 여물었습니다.

어느 날 밀밭 주인이 왔습니다. 그리고서 종달새 새끼들은 밀밭 주인이 자기 아들에게 하는 말을 들었습니다. "밀 수확이 훌륭하게 되겠구나. 이웃 사람들더러 여기 와서 밀을 거두어 들이는데 좀 거들어 달라고 부탁해야겠구나."

이 말은 종달새들을 놀라게 하였습니다. 어머니가 돌아와서 안전한 장소로 이사시켜 주기만을 고대하였습니다.

"아직 이사할 필요는 없다. 아가!" 하고 어미새가 말하였습니다. 그러나 다음날 아침에 어머니가 평시와 같이 외출할 때에 분부하였습니다. "만일 농부가 또 오거든 그가 뭐라고 하나 잘 들어 두었다가 내가 오거든 똑똑히 알려 줄 수 있도록 기억하여 두거라." 며칠 후 밭 임자가 또 왔으므로 종달새 새끼들은 어머니에게 알려드릴 새 소식을 얻으려고 열심히 귀를 기울였습니다. "이웃 사람들이 오지 않는 이상에는" 하고 농부가 말하였습니다. "아저씨와 사촌더러 와서 거들어 달라고 부탁하고 오너라. 언제든지 거들어 주게 되었으니" "자아, 이제는 이사해야지 꼭 이사해야지 않고서는 아니될꺼!" 하고 종달새들이 말하였습니다. "그렇지 않으면 밀 베는 사람들이 와서 우

his friends to help him is not to be feared; but watch and listen, if he comes again."

And by and by he came. Seeing the wheat so ripe that it was shedding its grain, he said, "Tomorrow we will come ourselves and cut the wheat."

And when the birds told this to their mother, she said, "It is time now to be off, my children, for the man is in earnest this time. He no longer trusts to other to do her work, but means to do it himself.

*Self help is the best help.

 숙어 및 단어

drew near; 가까이 가다.   ripe; 익다.
old enough to; ~할 수 있도록 나이를 먹었다.
owner; 임자, 주인
came by; 옆으로 왔다.
heard him say; 그가 말하는 것을 들었다.
gather it in; 모아 들이다.   charged ~ to; 분부하다의 과거
no need for = need not to; 할 필요는 없다.
the eger ~ listened; 열심히 귀를 기울이다.
neighbours; 이웃 사람들   ask; 부탁하다.
is not to be feared; 겁날 것 없다.
by and by = before-long; 잠시 후에
so ripe that; 잘 익었기 때문에(목적을 나타냄)
shedding; 쏟아지다.
the best help = the best thing; 가장 좋은 일

리들을 다 죽일 것이다."

"아직 이르다" 하고 어미새가 말하였습니다. "동무들에게 거두어 달라고 청을 하러 보내는(손수 하지 않고) 사람은 겁날 것이 없다. 그러면 또 그이가 오거든 주의하여 잘 들어 두어라."

그후 얼마 안 되어 농부가 왔습니다.

밀이 잘 익어서 이삭에서 밀알이 쏟아지는 것을 보고 그는 말하였습니다.

"내일은 우리들이 와서 손수 밀을 베야겠구나" 새끼종달새들이 이 말을 어미새에게 말하니까 어미새는 말하였습니다.

"자아 이번에는 떠나야 할 때가 왔다. 아가, 왜냐하면 농부는 이번에는 열심이다. 그이는 이제 제일을 남에게 맡겨두지 않고 자기가 손수 하려니까."

＊ 스스로의 도움이 가장 좋은 도움이다.

82. FRAILTY, THY NAME IS WOMAN

At Ephesus, many years ago, a woman who had lost a well loved husband placed his body in a coffin, and nothing would induce her to tear herself from it. She lived continually in his tomb, mourning her loss, and by this example of chaste widowhood she gained high repute.

One day some thieves who had robbed the temple of Zeus were punished for their sacrilege by crucifixion. To prevent anyone from removing their dead bodies, soldiers were placed on guard near the tomb in which the woman had shut herself up.

It happened one night that one of the soldiers was thirsty, and he begged a drink of water fom the woman's slave girl, who was attending her mistress as she returned to bed after sitting up late working by lamp light. The door stood a little ajar, and looking through it the soldier saw the widow. She was a fine figure of a woman and so beautiful that he fell passionately in love with her on the sport. As his desire gradually became un-controllable, he applied his ingenuity to inventing innumerable pretexts for seeing her more often. These daily mettings made her more willing to yield to his advances, until at length her heart was enslaved.

So it was with her that this watch full sentinel began spending his nights with the result that a corpse disappeared from one of the crosses. In great consternation the man told his mistress what had happened. That model of wifely

82. 약한 자여, 그대 이름은 여자다

옛날 에페서스에서 사랑하는 남편을 잃은 부인이 남편의 시체를 관속에 넣었다. 그런데 아무도 그 부인을 관으로 부터 떨어지도록 권유하지 아니 하였다. 남편의 죽음을 슬퍼하여 그 여자는 항상 남편의 묘지에서 살았다. 그리고 정결한 과부살이란 명예로운 명성을 높이 받았다.

어느 날 제우스(희랍의 주신)의 신전을 약탈한 도둑들이 신물 모독으로 책형(그리도의 죽음과 같이 십자가에 못박힘)의 벌을 받았다. 누구든지 그 도둑의 시체를 옮기는 것을 막기 위하여 부인 자신이 감금해 있는 묘의 부근에 군인들이 경비 당번을 설치하게 되었다. 어느 날 밤, 군인 하나가 목이 말라서 그 부인의 하녀에게 물을 부탁하였다. 하녀는, 부인이 늦도록 불 밑에서 일하고 잠자리에 들어갔을 때 그 과부는 시중을 들고 있었다. 문이 조금 열리어 있어서 그 방안에 있는 과부를 볼 수 있었다. 그 과부는 훌륭한 여자의 자세를 가졌고 너무나 아름다워서 그 군인은 당장에 열정적으로 사랑하게 되었다. 그 군인은 점점 사랑의 정열을 참기 어려워 그는 자주 그 과부를 보기 위하여 무수한 구실을 안출하는 데 그의 두뇌를 썼다.

이렇게 매일 그 군인을 만나는 것으로 인하여 그 과부는 사랑의 노예가 될 때까지 그 군인의 청혼보다 자발적으로 마음이 그 군인에게 쏠리게 되었다. 그래서 파수 보는 군인은 밤을 그 과부와 같이 보내게 되었다. 그때에 하나의 교수대에서 시체가 없어

constancy was ready with her answer. "There's no need to be afraid," she said and gave him her husband's body to hang on the cross, so that he might escape punishment for his neglect of duty. By this foul deed the woman lost her former good name and became a byword for iniquity.

 숙어 및 단어

Ephesus; 소아세아의 옛도읍의 이름
many years ago = Once upon a time; 옛날에
continually; 계속, 연속해서
sacrilege; 성물모독(죄), 성소 침입 절취
crucifixion; 그리스도의 죽음, 가혹한 시련
on guard; 당번으로
soldiers; 육군 군인, 무사
figure; 모양, 꼴, 형상
on the spot = at once; 당장에
ingenuity; 발명의 재간, 고안하는 힘, 교묘함
inventing; 꾸며내다, 날조하다.
watchfull; 조심하는, 경계하는
disappeared; 실종했다, 없어졌다.
in great consternation; 대단히 놀라서
punishment; 처벌, 형벌
neglect; 게을리하다, 돌보지 않다.
byword; 웃음거리
iniquity; 부정, 불법, 죄악

졌다. 그 군인은 대단히 놀라서 그 사건을 그 과부에게 말하였다. 아내다운 정열의 모범은 그 과부의 대답으로 갖추어졌다.

"무서워 할 필요는 없어요." 그녀는 말하였다. 그리고 그녀는 자기의 남편 시체를 그에게 주어 교수대에 걸게 하였다. 그 군인을 그의 직무에 대한 태만으로 벌받지 않도록 이 더러운 행위로 그 부인은 그의 앞서의 좋은 명성을 잃고 부정이라는 웃음거리가 되었다.

83. THE RAT AND THE ELEPHANT

A Rat traveling on the highway, met a huge Elephant bearing his royal master and his suite, and also his favorite dog, cat parrot, and monkey. An admiring crowd followed the great beast and his attendants, so that the entire road was filled. "How foolish you are," said the Rat to the people, "to make such matter of seeing an Elephant. Is it his great bulk that you so much admire? Mere size is nothing. At most it can only frighten little girl and boys and I can do that as well."

"I am a beast as well as he. I have as many legs, and ears, and eyes. If you will take the trouble to compare us you will see I have finer parts. Which belongs to me as well as to him?" At this moment, the cat from her high place spied the Rat. She jumped to the ground, and soon convinced that he was not an Elephant.

 숙어 및 단어

his royal master; 그의 주인, 왕
his suite = followers; 시종일행
admiring crowd = a crowd followed admiring
mere size; 크기만 ~한 것은
at most; 많아야
take the trouble to; ~하는 수고를 아끼지 않으시거든
take up; 점령
convinced; 잘 알게 했다. 수긍하게

83. 쥐와 코끼리

신작로 위를 여행하고 있던 어떤 쥐가 임금과 그 일행과, 임금이 좋아하는 개와 고양이와 앵무새, 그리고 원숭이를 태우고 가는 큰 코끼리를 만났습니다.

그 큰 짐승과 그의 일행을 찬양하는 군중이 뒤를 따랐기 때문에 온 길은 꽉 찼었습니다.

"당신네들 참 어리석기도 합니다그려." 하고 군중들에게 쥐가 말했습니다. "코끼리 한 마리를 보는데 그렇게도 문제를 삼을까 말이요. 그렇게 찬양하는 것은 저 코끼리의 큰 몸집 때문입니까? 크기로만 따진다는 것은 아무것도 아닙니다. 코끼리가 기껏 해봤자 어린 소년 소녀들이나 위협하는 것 밖에 더 됩니까. 그리고 그런 것은 나도 그 만큼은 할 수 있습니다."

"코끼리가 짐승이라면 나도 짐승이요. 나도 다리가 있고 귀도 눈도 있다오. 만일 당신네들이 우리들(코끼리와 쥐)을 비교하시느라고 수고 하시겠다면, 내가 보다 더 좋은 점을 갖고 있다는 것을 보실 것입니다.

그렇다면 코끼리가 이 신작로를 독차지할 권리가 어디 있겠습니까? 신작로란 코끼리에게도 길이고, 나에게도 역시 길이 되니까 말이요." 이 순간, 고양이가 그 높다란 자리에서 쥐를 엿보았습니다. 고양이는 땅에 내려 와서 곧 자기는 코끼리가 아님을 수긍시켰습니다.

84. THE EYE DOCTOR AND
THE OLD WOMAN

An old woman whose sight was bad offered a doctor a fee to cure her. He treated her with ointment, and after each application, while her eyes were closed, he kept stealing her possessions one by one. When he had removed them all, he said that the cure was completed and demanded the fee agreed upon. The woman, however, refused to pay; so he summoned her before the magistrates. Her defence was that she promised to pay the money if he cured her sight; but after his treatment it got worse than it was to start with. Before he began," she said. "I could see all the things in the house and now I can't see anything."

* Some people are so intent on dishonest gain that they fail to see when they are providing proof of their own guilt.

 숙어 및 단어

one by one; 하나씩
agree upon; 의견이 일치하다.
ointment; 고약, 연고
application; 적용, 응용, 신청
possessions; 소유, 점유

84. 안과 의사와 노파

시력이 좋지 못한 한 노파가 의사에게 자기를 완치해 주면 요금을 지불하겠다고 하였습니다. 의사는 그 늙은이를 고약으로 치료하고 각각 첨부약을 바른 후 그 노파가 눈을 감고 있는 동안 그의 소유물을 하나하나 훔쳤습니다.

의사가 그것을 전부 훔쳤을 때 노파에게 치료는 완료했으니 앞서 말한 요금을 내라고 요구하였습니다.

"그렇지만" 그 늙은이는 지불할 것을 거절하였습니다. 그래서 이는 치안 판사 앞에 소환되었습니다.

노파의 답변은, 만약 그의 시력이 완전하면 돈을 지불하겠다고 약속하였으나 그가 치료한 뒤는 치료 받기 시작할 때보다 더 나빠졌다고 하였습니다.

늙은이는 말하였습니다. "나는 나의 집에 있는 모든 것을 볼 수 있었어요. 그런데 지금은 아무것도 볼 수 없어요."

* 어떠한 사람들은 명예스럽지 못한 이득에 너무 몰두한 나머지 그들이 자신의 범죄 행위의 증언을 제공하고 있는 때를 알지 못한다.

85. NO RESPITE

A man to whom a friend had entrusted some money
was trying to rop him of it. When his friend challeged him
to deny the country. On reaching the gates, however, he
saw a lame he was going. "Oath is my name," replied the
man, and I am going, to punish perjurers." "And how long
is it usually before you return to city?" "Forty years, or
sometimes thirty."

The embezzler hesitated no longer; the very next day he
solemnly swore that he had never had the money. But soon
he found himself face to face with the lame man, who
haled him off to be thrown from a high rock. The culprit
started to whine. "You said it would be thirty years before
you returned," he complained, "and you have not let me
escape for a single day." "yes" replied the other, "when
some one is determinded to provoke me, I come back the
very same day."

* No man can tell when God's punishment will fall
   upon the wickd.

 숙어 및 단어

go away; 달아나다.　reaching; 도착하여, 닿아서
punish; 벌하다, 처벌하다.　perjurers; 위증자, 공갈자
usually; 통례, 통상, 보통
embezzler; 위탁금, 소비자　not longer; 그 이상 ~않는다.
very next day; 바로 다음 날　face to face with; ~와 마주보고
haled; 힘차게 당기다.

85. 미루지 말자

한 친구로부터 얼마만의 돈을 위탁받은 사람이 그 돈을 약탈하려고 노력하고 있었다. 그의 친구가 그에게 선언해서 그 빌린 돈을 부인할 것을 요구했을 때 그는 시골로 달아나기에 가장 안전한 때라고 생각하였다. 그러나 문앞에 닿아서 도시로 떠나는 절름발이를 보고 그가 누구인지 또는 어디로 가고 있는지 물었다. "나는 위증자들을 벌할 작정이란다. 도시로 돌아오는 데 얼마나 시간이 걸립니까?" "사십년이나 약 삼십년 걸리겠습니다."

위탁금 소비자는 그 이상 머뭇거리지 아니하였다. 바로 다음 날 그는 엄숙하게, 결코 그 돈을 위탁하지 아니했다고 선언하였다.

그러나 그는 곧 그 절름발이와 맞주보고 있는 자신을 발견하였다. 그 절름발이는 그를 높은 바위에서 떨어지도록 거세게 잡아당겼다. 범죄자는 애처로운 소리를 내었다. "당신은 돌아오기에는 삼십년이 걸린다고 했소." 라고 그는 불평을 하였다.

"그런데 당신은 나를 단 하룻동안이라도 피하지 않는구려."

"그렇다" 절름발이가 대답했다. "어느 누군가 나를 분노케 하려고 마음 먹으면 나는 바로 그날 돌아오지"

 * 어느 날 신의 형벌이 변덕자에게 떨어질지 아무도 말할 수 없다.

86. THE BIRDS, THE BEASTS AND THE BATS

There was once a great battle between the Birds and the Beasts. The Bat kept away from the combat, and looked on till he thought the Beasts would win the day. Then he came among them. When they saw him, they said. "But you are a Bird." "No indeed," said the Bat. "Look at my body covered with hair, and at my mouth with its sharp teeth."

After a while, as the fight went on, the Birds began to have the best of it, and then away flew the Bat to their side, "What Beast comes here?" said the Birds. "I am not a Beast," said the Bat. "I am a Bird. Look at my wings."

But the Birds would have nothing to do with him. So to this day the Bats ashamed to show himself in the daytime, but hides in lonely places, away from all other creatrues, and only flits about in the dark, when the Birds and Beasts, are asleep.

 숙어 및 단어

kept away from; 피했다.　combat; 투쟁　looked on; 구경했다.
came among them; 짐승편에 들었다.
no indeed; 실제로 그렇지 않다.
as the fight; 전투가 진행됨에 따라
have the best of it; 이기다, 승리
away flew = flew away; 별안간 날아갔다.
have nothing to do with; 상대 않는다, 관계 않는다.

86. 새와 짐승과 박쥐

어느 날 새들과 짐승들 사이에 큰 싸움이 일어났습니다. 박쥐가 싸움을 피하여 옆에서 구경하고 있노라니까 결국은 짐승 쪽이 이길듯이 보였습니다. 그래서 박쥐는 짐승편에 들었습니다. 짐승은 이것을 보고 말하였습니다. "그러나 너는 새가 아닌가?" "그럴리가 있나?" 하고 박쥐가 말하였습니다. "털이 가득난 내 몸둥이와 날카로운 내 이를 좀 보란 말이야."

얼마 후에 싸움이 진행됨에 따라 새편이 이기기 시작하였습니다. 그래서 박쥐는 새편으로 날아 갔습니다.

"이리 오는 것은 무슨 짐승이냐?" 하고 새가 말하였습니다.

"나는 새입니다. 이 날개를 보세요."

그러나 새편에서는 절대로 박쥐를 상대하지 않았습니다.

그래서 오늘날까지도 박쥐는 낮에는 부끄러워 얼굴을 내놓지 못하고 다른 동물들을 피하여 적정한 장소에 숨어 있다가 새와 짐승들이 다 잠이 들 때야 겨우 컴컴한 곳을 날아다니고 있습니다.

87. THE DRUM AND THE VASE OF SWEET HERBS

A Drum was once boasting to a vase of sweet Herbs in his way; "Listen to me! My voice is loud and can be heard far off. I stir the hearts of men so that when they heard bold roaring, they march out bravely to battle." The vase spoke no words. But gave out a fine, sweet perfume, that filled the air, and seemed to say; "I can not speak, and it is not well to be proud, but I am full of good things that are hidden within me, and that gladly come forth to cheer and comfort. But you, you have nothing in you but noise, and you must be struck to make you give that out I would not boast if I were you."

 숙어 및 단어

boasting of; ~을 자만하다.
far off = far away; 먼 곳에서
bold; 대담한
march; 진군하다.
perfume; 향내
within me; 마음속에
come forth; 나오다.

87. 북과 향꽃병

어느 날 북이 향기로운 꽃을 꽂아둔 꽃병을 보고 이렇게 자랑을 하였습니다. "자, 좀 들어와라! 내 목소리는 커서 먼 곳까지 들리지. 그리고 사람들의 마음을 신나게 춤을 추게 하기 때문에 사람들은 나의 호기찬 목소리를 듣고는 용감하게 전쟁터로 나가지 않나!" 그러나 꽃병은 아무 말 없이 훌륭하고 달콤한 향기를 뿜어 방을 꽉 채웠습니다. 그리고 꽃병은 이렇게 말하는 것처럼 보였습니다.

"나는 말을 잘 할 줄 모르는데, 자랑을 한다는 것도 좋지 않은 일이야. 나에게는 좋은 것이 가득 찼다네. 그것들은 내 가슴속에 숨겨 있다가 남을 즐겁게 하고 남을 위로 하려고 기뻐서 뛰어 나오는 것들이야. 그런데 자네 같은 이는 자네 소리밖에 무엇이 있나. 그것 뿐인가, 그 소리를 내려면 두드려야 되지 않나? 그러니까 내가 자네였더라면 자랑할 것이 하나도 없단 말이야."

88. THE KID AND THE WOLF

A Kid coming home all alone one night met a big Wolf.

"Oh, oh, I knew you will kill me" said the little Kid; "but please play me a tune, so that I may have one more dance before I die; I am so fond of dancing."

"Very well," said the Wolf, "I will try, for I would like to see you dance before I eat, you,"

Then the Wolf took up the shepherd's pipe that was lying near, and began to play. But while he was playing, and the Kid was dancing a jig, the Dogs heard the sound, and came running up.

"It is my own fault" said the Wolf, as the Dogs caught him.

"My business is to kill Kids and eat them, and not to play for them to dance. Why did I try to be a Piper, when I am really only a Butcher?" "You didn't play very well, either," said the Kid.

 숙어 및 단어

I know = I am sure; 꼭
play me a tune; 한 곡조 불러 주오.
so that may; ~할 수 있게
am so fond of = like very much; 매우 즐긴다.
shepherd; 양치는 사람
lying near; 옆에 떨어져 있다.

88. 새끼 염소와 늑대

어느 날 밤, 한 새끼 염소가 혼자서 집으로 돌아오는 길에 큰 늑대를 만났습니다. "아 아, 틀림없이 당신은 나를 죽일려고 하는 것이지?" 하고 새끼 염소가 말하였습니다.

"그러나 나는 죽기전에 한 번만 춤을 추고 싶어요. 미안하지만 피리를 한 곡조 불어 주실 수 없을까요? 저는 춤추기를 무척 좋아해."

"좋은 말이다." 하고 늑대는 말하였습니다.

"그러면 불어보지, 나도 너를 먹기 전에 네가 춤추는 것을 한 번 보고 싶으니까." 그러면서 늑대는 옆에 있는 염소 치는 사람의 피리를 물고 불기를 시작했습니다.

늑대가 피리를 불고 새끼 염소가 춤을 추고 있는 동안에 개들이 이 요란한 소리를 듣고 몰려들었습니다. 개들이 늑대를 붙잡았을 때 늑대는 말하였습니다.

"이것은 나의 잘못이다. 내가 할 일은 새끼 염소를 죽여서 먹는 것이지 피리를 불어서 그를 춤추게 하는 것은 아니다.

실상 나는 백정 밖에 안 되는 데 무엇 때문에 피리를 불려고 하였던가."

"더구나 피리도 잘 불지도 못하면서" 하고 새끼 염소도 말하였습니다.

jig; 쾌활하다.
my own fault; 자기의 죄
Butcher; 도살자

89. THE EAGLE AND THE ARROW

A Most rapacious Eagle had his eyrie on a lofty rock. Sitting there, he could watch the movement of the animals he wished to make his prey, and, waiting his opportunity seize them and bear him away.

The poor creatures had no protection from such a foe.

But an archer saw him one day watching, from his place of concealment, the movements of an unsuspicious hare and, taking aim he wounded him mortally.

The Eagle gave one look at the Arrow that had enjured his heart, and saw that its featheres had been furnished by himself, when descending to secure prey.

"Ah!" he said "it is a double grief that I should perish by an Arrow feathered from my own wing."

 숙어 및 단어

rapacious; 욕심 많은
eyrie; 독수리집
movements; 동정
opportunity; 기회
protection; 보호하는 방법
unsuspicious; 의심 없다.
descending = going down
prey; 먹이(산짐승)

89. 독수리와 화살

아주 욕심 많은 독수리가 높은 바위 위에 깃들이고 있었습니다. 거기에 앉아 있으면 먹고 싶은 동물들을 살필 수 있고 기회를 타서 그것들을 잡아갈 수도 있었습니다. 불쌍한 동물들은 이러한 적을 막아 낼 수단이 없었습니다.

그런데 어느 날 독수리가 자기의 숨은 장소에서 아무 생각 없이 놀고 있는 산토끼의 거동을 엿보고 있는 것을 사냥꾼이 보고 겨냥을 하고 활을 쏘아 상처를 입혔습니다.

독수리는 자기의 심장을 뚫은 화살을 힐끗 보니 그 털은 자기가 먹을 것을 잡으러 내려 갔을 때에 떨어뜨린 것이었습니다.

"아 아, 기막힌 일이다." 하고 독수리가 말을 하였습니다.

"자기의 날개에서 빠진 털을 꽂은 화살에 맞아 죽는다는 것은 이중의 슬픔이 아닐 수 없다."

이 솝 우 화

2014년 1월 20일 인쇄
2014년 1월 30일 발행

역　자 | 정동훈, 성혜숙
펴낸이 | 최　상　일

펴낸곳 | 태 을 출 판 사
서울특별시 중구 신당6동 52-107(동아빌딩내)
등　록 | 1973 1.10(제4-10호)

■ 주문 및 연락처
우편번호 １００-４５６
서울 특별시 중구 신당 6동 제52-107호(동아빌딩내)
전화: 2237-5577 팩스: 2233-6166

ISBN 89-493-0440-6　　03840